Der Astronom des Königs

Das Buch

Dänemark, Ende des 16. Jahrhunderts: Auf der Insel Hven baut Tycho Brahe an seinem Traum, dem unterirdischen Observatorium Sternenburg. Seine Entdeckungen werden den dänischen Astronomen berühmt machen, doch das ist kein Trost für Kirsten, die Mutter seiner acht Kinder, von denen zwei schon tot sind – ein Zeichen des Fluchs, der auf der Familie liegt, wie die Bauern sagen. Auf dem Markt wird Kirsten mit faulem Obst beworfen, die Leute spucken vor ihr aus, doch Tycho weigert sich, sie zu heiraten und damit zu einer ehrbaren Frau zu machen. Er sei allein mit seiner Wissenschaft vermählt. Den wahren Grund verschweigt er Kirsten: dass ihm von seiner vornehmen Familie die Forschungsgelder verweigert würden, sollte er eine Frau niederen Standes ehelichen …

Die Autorin

Alexandra Coelho Ahndoril wurde 1966 in Helsingborg geboren. Sie wohnt in Stockholm, wo sie unter anderem als Literaturkritikerin tätig ist. *Der Astronom des Königs* ist ihr Debüt, das bei seinem Erscheinen in Schweden große Aufmerksamkeit erregte.

Alexandra Coelho Ahndoril

Der Astronom des Königs

Roman

Aus dem Schwedischen von Gisela Kosubek

List Taschenbuch

Besuchen Sie uns im Internet:
www.list-taschenbuch.de

Umwelthinweis:
Dieses Buch wurde auf chlor- und säurefreiem Papier gedruckt.

List Verlag
List ist ein Verlag der Ullstein Buchverlage GmbH, Berlin.
1. Auflage September 2004

Titel der schwedischen Originalausgabe: Stjärneborg (Albert Bonniers Förlag AB, Stockholm)
Übersetzung: Gisela Kosubek
Redaktion: Maria Buchwald
Umschlagkonzept: HildenDesign, München – Stefan Hilden
Umschlaggestaltung: Hauptmann und Kampa Werbeagentur, München–Zürich
Titelabbildung: Gemälde von J. A. Staveren, Der Astronom, © Sotheby's/akg
Gesetzt aus der Bembo
Satz: Pinkuin Satz und Datentechnik, Berlin
Druck und Bindearbeiten: Clausen & Bosse, Leck
Printed in Germany
ISBN 3-548-60460-9

*Die Übersetzerin dankt Dietmar Fürst
von der Archenhold-Sternwarte Berlin für
seine fachkundige Beratung.*

»Und der Herr, unser Gott, sei uns freundlich
und fördere das Werk unsrer Hände bei uns;
ja, das Werk unsrer Hände wolle er fördern!«

90. Psalm

»Im Süden vor dem Schloss, etwa 70 kleine Doppelschritte vom Wall entfernt, ließ Tycho auf einem Hügel ein besonderes Observatorium errichten, bestehend aus unterirdischen, ganz und gar gemauerten Räumen.«

Wilhelm Norlind

»Möge ich nicht vergebens gelebt haben.«

Tycho Brahes letzte Worte

Insel Hven, mitten im Öresund, im Jahr 1583

September

Die Dämmerung um mich, denkt er, verdichtet sich.

Er sieht, wie sich die Dunkelheit um die Häuser schließt, als sei sie eine kälteempfindliche Pflanze. Die Bäume unter seinem Fenster biegen sich, lassen ihre Blätter in der Luft flattern. Das Rauschen bringt ihm langsam etwas ins Bewusstsein. Dass der Lärm vor dem Haus seit langem verstummt ist. Dass der Wind gegen die Scheibe drückt. Er will etwas von ihm.

Das letzte Licht verlässt sachte die Gegenstände im Zimmer. Eine angeschlagene Schüssel mit einer sämigen Flüssigkeit, die den Bodensatz ausfällt. Eine liegende Retorte. Durch den Staub wirkt das Glas grau gestreift. Auch einige wenige Papierbögen mit nahezu geraden Zahlenkolonnen liegen auf dem Tisch. Und, denkt Tyge, meine Hand ruht dort, neben der Arbeit. Fleckig, im Begriff zu altern.

Es herrscht jetzt Stille. Er schließt einen Moment die Augen. Er hat gegessen. Vor ihm Zinnteller und Löffel mit den Resten der Mahlzeit. Alles ist ruhig. Dämmerung. Kräftige, spärlich belaubte Kletterrosen beugen sich, weich im Nacken, über den Rand der Vase und schenken dem verdünnten Wein Duft. Langsam, voller Trauer lassen die Rosen dunkle, gerollte Blütenblätter fallen.

Unter seinem Fenster poltert plötzlich ein Karren über das Pflaster. Das Geräusch verstummt abrupt, als der Lehmweg beginnt. Das Rasseln des Karrens verklingt. Das Gespann bewegt sich auf die Felder zu. Unten wird das Schlosstor zugesperrt. Tyge hört die rauen Stimmen der Männer und denkt im selben Augenblick, es klinge, als würden sie saure Rüben verspeisen. Er lächelt vor sich hin. Ja, wenn sie sprechen, ist es, als würden saure Rübenstücke zwischen ihnen hin- und hergeschleudert – die Worte fliegen gleich herben, zerkauten Happen durch die Luft. Bauerngeschwätz. Als hätten sie tatsächlich etwas zu sagen. Er ahnt, worum das Gerede geht: Der Schlossherr ist mit dem Teufel im Bunde. Wenn sie nicht parieren, verhext der Schlossherr die Ernte mit dem bösen Blick. Der Schlossherr hat sich die Nasenspitze abgeschnitten, weil der Teufel einen Bissen wünschte. Oder: Die Nase des Schlossherren wurde abgezwickt, als er sein Gesicht an den Arsch des Teufels presste, um ihn zu küssen.

Tyges Hand zittert, als er die vor ihm stehende Kerze anzündet. Haben ihn die Gedanken aufgewühlt? Er fragt sich, ob der Hass der Bauern vielleicht langsam Wirkung zeige. Ihn womöglich gar erschrecke. Er hatte nie gedacht, dass Bauern ihm Furcht einjagen könnten. Vielmehr hatte er geglaubt, er könne den Bauern den Hass austreiben. Durch Einschüchterung. Mithilfe von Prügel und dem Dunkelkeller.

Er starrt in seinen Weinbecher. An den schwarzen Rändern des Gefäßes sammelt sich rosafarbener Schaum. Ich, denkt er, betrachte mich als über ihnen stehend. Das ist völlig natürlich. Ich tue es mit Recht. Mit Recht sehe ich mich so. Die herrschende Ordnung verleiht mir dieses Recht.

Doch zu seiner Verwunderung leidet Tyge unter der Feindseligkeit dieser Leute. Er weiß, dass der Hass, den die Bauern gegen ihn hegen, sinnlos ist, wie der einer Wühlmaus gegenüber der Eule. Aber die Eule, versucht er für sich zu scherzen, liebt die Wühlmaus. Liebt sie mit alter, kühler Sehnsucht.

Aber wenn er an die Augen der Bauern denkt … Irgendetwas ist darin, ein ständiges Ausweichen des Blicks, ein Widerwille. Wässrige Augen, denkt Tyge. Als seien sie voller Rotz. Wie sollen die Bauern etwas verstehen von dem, was sie sehen?

Plötzlich packt ihn Unruhe. Die ist so heftig, dass er sich fragt, ob sie vielleicht schon die ganze Zeit da gewesen ist. Wo ist Kirsten?

Kümmert sich wohl um das Ihre, antwortet er sich selbst. Um die Siechenstube, um ihre Absude. Vor sich sieht er Töpfchen voll von stinkenden Salben, ein Medaillon mit einer lebendigen Spinne, Kirstens Fiebermittelchen, ihre Drogen.

Tyge steht vom Stuhl auf und schaut durch das kleine Fenster. Das Abbild seines Gesichts hängt in der Tiefe der Glasscheibe. Ich mache mir Sorgen wegen Kirsten, sobald ich sie nicht vor mir sehe, denkt er.

Draußen ist es bereits dunkel. Aber er weiß, dass die Nacht stumm bleibt. Sie wird ihm nichts sagen, so mond- und sternlos, wie sie ist.

Tyge nimmt wieder am Tisch Platz.

Jetzt schlägt die Uhr. Und da gehen seine Gedanken zu ihrer beider Kummer: ihren Kindern. Unsere Kinder, Kirsten, die einfach wegsterben. Kirstine und Klaus. *Schwesterchen groß und Brüderchen klein.* Er verbirgt das Gesicht in den Händen.

Was soll man tun, wenn die quälenden Gedanken kommen? Wie kann man ihnen begegnen? Kirsten sagt, man solle vom Göttlichen Reich träumen. Aber was ist, denkt er, wenn ich den Böcken zu seiner Linken zugerechnet werde? Nein, dem Berühmtesten von allen wird *Er* den Zutritt nicht verwehren. Mit einem Lächeln wird Gott anerkennen, dass ich das Undurchschaubare durchschaut habe: »Haha. Du hast es bemerkt, mein Junge, hast es entdeckt, Tyge, haha, alle Achtung.«

Das Gatter öffnet sich, und unten fährt klappernd ein weiterer Karren los, durchquert das niedrige Tor. Man schafft Rüben zum Bootshafen. Tyge hebt den Becher an die Lippen, trinkt und lauscht. Doch er kann dem Gegrunze der Männer keine einzelnen Wörter entnehmen. Werden ihre Schleimhäute von den Rüben aufgeraut, dass sie so klingen? Bauerngeschwätz, denkt er, was sollte es anderes sein?

Schwache Gerüche nach Abend und jene, die von der Kleidung aufsteigen, werden vom Rosenduft absorbiert.

Tyges Finger auf dem Tisch beginnen plötzlich zu zittern. Er betrachtet sie: Meine Hand, ich sehe dich. Du Spinne voller Verwirrung. Du arme Spinne. Über ihm knackt das Gebälk und er erinnert sich unvermittelt an einen Traum: ein Turm aus Holz, ein Garten, dunkel und verwildert, ein tiefer Brunnen, verziert mit einem Emaillebild von Jesus, dem Erlöser der Menschheit. Er sieht das Gesicht plötzlich vor sich. Um den Kopf ein Ring aus Sternen. Langsam drehen sie sich vor der Tiefe der Nacht.

Es ist spät, bereits Dämmerung. Die Kerze brennt herunter. Diese Stunde. Diese gesegnete Stunde des Herbstabends. Seine Augenlider werden schwer und er denkt: Lege dein Kinn in die Hand, Tyge. Beuge dich vor, schließe die müden, brennenden Augen. Schlafe. Lege die andere Hand aufs Ohr, wie damals, als du Kind warst, und dann schlummere ein. Er lächelt vor sich hin und denkt an die Entwürfe für das unterirdische Observatorium: Sternenburg. In Gedanken besitzt er es bereits. Nicht mehr lange und ich steige die Treppe hinunter, betrete die Räume, schiebe die Klappen zum Nachthimmel auf. Dort werde ich die leuchtenden Spitzen der Sterne betrachten, ihre Zacken, werde sie beschreiben, ein Detail zum anderen fügen; so kann ich das ganze System aufzeichnen: Erde, Sonne, Mond, Sterne, Kometen und Planeten. Ich könnte, so denkt er, derjenige werden, der wirklich versteht.

Das Buch wird zugeschlagen. Das Geschriebene ist verborgen im Geheimnis seines eigenen Wesens. Tyge Brahe versucht die Müdigkeit zu vertreiben; er steht auf, berührt sein Gesicht mit den Händen, streicht flüchtig über den Metallschutz auf seiner verstümmelten Nase und reckt dann vorsichtig den korpulenten Körper.

Wann, denkt Tyge Brahe, habe ich auch nur einen einzigen Tag gelebt, ohne voller Ungeduld auf die Nacht zu warten? Wird sie sternklar werden oder wolkig, wird sie voll von Dünsten oder sphärisch sein? Werden sich die Sterne wie in meinen Tabellen zeigen, werden sie den Bahnen folgen? Sich brav an meine Wagenspuren halten?

Nacht für Nacht, wenn das Wetter es erlaubte, hat er sich hier auf der Insel Hven bemüht, die Bahnen von Mars, Venus und Mond um Erde und Sonne zu erforschen.

Doch jetzt herrscht heller Tag. Es ist mitten am Vormittag und hohe Zeit, den Obliegenheiten nachzukommen, für die er bisher keine Zeit gefunden hat: jene königlichen Verpflichtungen, für deren Erfüllung man ihm das Lehen Hven auf Lebenszeit zugesprochen hatte, dazu eine jährliche Präbende von tausend Talern, die Einkünfte aus dem norwegischen Lehen Nordfjord samt einer Summe von zweitausend Talern aus dem Sundzoll.

Tyge kämmt sich sorgfältig den roten Kinnbart. Dann legt er das Reisekostüm an, die schwarzgraue Samtjacke und die dunklen Beinkleider. Medaillon und Schwert. Das, so hat er festgelegt, sei die geeignete Kleidung, um den königlichen Verpflichtungen nachzukommen. Aber ehe er zur Schaluppe hinuntergeht, die im Bootshafen wartet, muss er noch nach den Leuten sehen. Und, so schärft er sich ein, bevor man sie anschaut, in diese wie mit Speichel gefüllten Augen blickt, muss man Befehle und Anordnungen bereits erteilt haben, ganz selbstverständlich und voller Verachtung; nur so erzielt man beste Resultate.

Doch schon bevor er die Holztreppe hinuntergestiegen und auf den Schlosshof getreten ist, erfüllt ihn ein Gefühl von Unsicherheit. Mit einem Druck in der Magengrube, der Schwäche verrät, lässt er den Blick über die blutleeren Gestalten der Mägde und die mageren Körper der Bauern schweifen. Er öffnet den Mund und hört sich zu seiner Erleichterung eine Vielzahl von Weisungen geben. Sie gelten den Tagewerken in der Papiermühle, in der Buchdruckerei und beim Bau von Sternenburg, seinem unterirdischen Observatorium. Die Bauern sind wie üblich verdrossen und apathisch. Mit jedem törichten und unwilligen Blick, den er als Antwort auf seine Direktiven erhält, scheinen ihm ihre Staturen schattenhafter, unwirklicher und amorpher zu werden. Begreifen diese Leute mit ihrer trägen Rübensprache überhaupt, was er sagt?

Sie entgleiten ihm. Er öffnet erneut den Mund. Plötzlich hat er das Gefühl, seine eigene Stimme klinge merkwürdig weich, wie in Polster gebettet. Als käme sie aus einem anderen Raum, nicht aus seiner Kehle. Ist er jetzt fertig? Hat er zu Ende gesprochen? Er weiß es nicht genau. Dann fällt ihm ein, dass er aufgebrochen ist, um seine Obliegenheiten zu erfüllen. Er dreht sich auf dem Absatz um und geht los. Die ganze Strecke über den Schlosshof kann er sie hinter sich spüren: Aus dem kalten Staub der Schatten erreicht ihn ihr Flüstern, finstere Blicke treffen sein dicht gewebtes, kostspieliges Gewand.

Tyge geht den schmalen Weg zum Bootshafen hinunter. Die Verpflichtungen, die königlichen Verpflichtungen, tönt es in seinem Kopf. Er hat nach dem Leuchtturm von Kullen zu sehen und sich um die Grabkapelle des Königshauses in Roskilde zu kümmern. Für die Erfüllung dieser Aufgaben erhält er seine einträgliche Präbende. Und darf Hven sein Eigen nennen. Doch bis zum heutigen Tag hat er keine Zeit gefunden, sich auch nur ein einziges Mal nach Kullen oder zur Grabkapelle zu begeben.

Als er um die Biegung kommt, sieht er die Männer. Einer steht schon am Bug bereit, um das Boot hinauszuschieben. Die Blätter der Ruder durchbrechen die klargrüne Wasserfläche. Das Sonnenlicht – ein weißes Massiv durch das helle Segel - blendet

Tyge, und er hebt die Hand, um den Leuten mitzuteilen, dass er unterwegs ist. Doch mitten im Schritt hält er inne. Sein Name wurde gerufen. Er dreht sich im selben Moment um, als ihn jemand an den Kleidern packt. Der alte Bengt war ihm hinterhergelaufen.

»Der Ko-ho-met! Der Koo-met!«

Der Idiot zerrt weiter an Tyge wie ein ängstliches Kind und wirft unentwegt entsetzte Blicke um sich. Er zieht heftig am Ärmel von Tyges Samtjacke, damit dieser mit ihm komme.

»Was sagst du, Bengt?«

»Der Ko-ho-met!«

Der Alte legt die Hände über die Augen und fängt an zu wimmern. Geht es um den großen Kometen, der im August erwartet wird? Tyge bedeutet den Männern im Boot, sie mögen sich gedulden, macht kehrt und folgt Bengt zum Schlosshof hinauf. Geht über das weiße Lichtviereck des Platzes und hat dort im Sonnenschein sekundenlang das Gefühl, er sei eine in Milch ertrinkende Fliege. (Habe ich so etwas geträumt? Der Gedanke hat sich so selbstverständlich eingefunden, denkt Tyge.) Dann zieht ihn Bengt ins Stallgebäude.

Gleich einer massiven Tür versperrt die Dunkelheit zunächst jede Sicht. Er bleibt einen Moment stehen und blinzelt in die Schwärze. Schließlich glimmt weiter vorn etwas auf, wie eine sinkende Münze in gelblichem Wasser. Es wird heller, die Augen gewöhnen sich an das herrschende Licht und der Raum breitet sich vor ihm aus. Die Schatten heben sich, werden durchsichtig und grau und verschwinden.

Der Idiot Bengt zeigt mit dem Finger und stottert:

»Do-hort lie-hiegt das Gräu-häul!«

Vier Augen starren Tyge an, ohne zu sehen. Als komme der Blick von einem Ort weit unter der Wasserfläche dieser Welt. Er beugt sich hinunter und berührt eins der grauen Mäuler. Es fühlt sich irgendwie körnig an, ist bedeckt von schwarzen Krümeln aus Fett und Kohle, doch ist es kalt.

Eine Stimme erklingt und er dreht sich um. Dort ist eine Frau, die er eigentlich kennt. Jetzt erscheint sie ihm so fremd. Der Anblick des zweiköpfigen Kalbes hält ihn noch immer in dem Gefühl gefangen, unter Wasser zu sein. Während er die Frau ansieht, kann er miterleben, wie etwas in ihrem entsetzten Gesicht auf unbegreifliche Weise zerbricht.

Ihre Stimme zittert und schwankt, nichts ist zu verstehen: »Bla bla blä blä ä ä ä …«

Die Frau zieht ihre hellroten Hände aus den Kleiderärmeln und zeigt mit dem Finger. Dann lässt sie die Hände wieder verschwinden.

Er wendet sich erneut dem zu, was er gesehen hat. Jetzt, denkt er, bin ich wieder aufgetaucht aus dem, was mich hat fremd werden lassen. Jetzt stehe ich, Tyge, wieder hier – stark und kühn; ein Mann der Wissenschaft.

Er gibt ein paar kurze Anweisungen und die Männer nehmen das Tier hasserfüllt hoch. Die Hufe baumeln wie an fadendünnen Stängeln. Die höckrigen Zwillingsköpfe fallen plötzlich gegeneinander und ein Laut wie von zwei Steinen, jeder in einem nassen Ledersack, lässt alle erbeben.

Erst in diesem Augenblick, als er auf die Tür zugeht, glaubt er die Worte der Frau zu verstehen. Hat sie gesagt, das sei die Strafe, das zweiköpfige Kalb sei Gottes Antwort auf seine Zauberkünste und darauf, dass er auch nach sechs Kindern Kirsten noch immer nicht geehelicht hat? Nein, das hätte sie wohl nie gewagt.

✳

»Dorthin auf die Bank.«

Die schwarzweißen Flecken in dem zottigen Fell wirken wie große Augen. Vier Ohren und zwei Zungen. Was für einen törichten Ausdruck es hat, denkt Tyge: Die Zungen hängen zwischen den Zähnen heraus und obendrein sind da noch Hasenscharten. Die Hufe scheuern über die Bank, als man das Tier zurechtlegt. Er rollt seinen Stoffbehälter mit den Messern auseinander.

Tyge hat gesehen, dass Kirsten an der Tür verborgen steht. Immer schon hat ihr großer Mut ihn mit Beklemmung erfüllt. Dichte, helle Härchen bedecken ihren ganzen Körper. Ihr honigfarbenes Kopfhaar verbirgt sie unter einer Haube. Kirsten Jörgensdotter. Die Frau, mit der er seit vielen Jahren zusammenlebt. Das Armeleutemädchen, die Pfarrerstochter, die auf seinen Wagen gestiegen ist und die dann erfahren musste, dass sie nie mehr würde hinuntersteigen können. Sie tritt zu ihm, streicht ihm über den Nacken und flüstert: »Tyge … man wartet im Hafen …«

Er lächelt ihr zu.

»Ich komme gleich, Kirsten. Sage ihnen, dass ich unterwegs bin.«

✳

Es ist später Abend geworden. Kirsten steht in der Küche. Als sie bemerkt, dass Tyge durch die Tür getreten ist, dreht sie ihm den Rücken zu und rührt in einer breiigen Masse. Sie schaut in die Schüssel und lange Tiraden gehen ihr durch den Kopf. Flüche und Gebete, die sich zu einem grauen Zopf verflechten. Ihre Bewegungen erstarren. Sie fühlt seinen Leib hinter sich. Schweigen und Beklommenheit. Zu ihrer eigenen Schande und zu ihrem Zorn hat sie hier gestanden und geweint. Ihre Bluse ist dunkel von Schweiß. Der Stoff zwischen den Schulterblättern ist steif und nass. Zwischen den Brüsten liegt kegelförmiger Schatten. Tyge tut alles, damit wir zugrunde gehen, denkt sie. Wir versinken. Werden aufgefressen, verschlungen, zerrieben. Sie versucht ruhig zu atmen. Blickt auf ihren Amethystring und zwingt sich zu einem Gedankenspiel, bei dem sie einen Pfad hinuntergeht – Birken, Tannen und zwischen den Stämmen das Silberwasser des Baches:

Und beim ersten Ton, der auf der Fiedel erklang,
da saß der garstige Nöck auf dem Wasser und sang.

Beim zweiten Ton, den er auf der Fiedel vollbrachte,
da saß der garstige Nöck auf dem Wasser und lachte.

Und als der dritte Ton auf der Fiedel juchzte,
da saß der garstige Nöck auf dem Wasser und schluchzte.

Vorsichtig lüftet sie den Deckel des Kessels und schaut in die Masse hinunter. Sobald sie dick geworden ist, wird sie die Paste in Töpfchen abfüllen, die für die Siechenstube bestimmt sind. Sie weiß, es ärgert ihn, dass sie sich so viel um die Armen kümmert. Ihr ist ebenfalls bewusst, dass ein Großteil ihres wohltätigen Handelns dem Wunsch entspringt, ihm zu trotzen, viel mehr als ihrem Willen, Gutes zu tun. Sie streicht eine Haarsträhne aus den Augen und rührt weiter im Brei. Sie hat jetzt fast vergessen, dass er hinter ihr steht. Doch da berührt Tyge vorsichtig ihre Schulter, und jene Eigenschaft, die sie bei sich selbst nicht erträgt, gewinnt die Oberhand. Dieser Wunsch, getröstet zu werden. Sie flucht wortlos, als sie spürt, dass erneut Tränen aufsteigen. Stets gibt sie bei Tyge nach, wird weich und schlaff in seiner Nähe. Wenn sie streiten, macht diese Schwäche sie wütend. Kirsten dreht sich halb um und flüstert, in der Stimme eine solch unerwartete Ruhe, dass er zunächst nicht versteht, was sie sagt: »Du denkst dir nichts Böses dabei. Ich weiß, Tyge. Aber wir werden zugrunde gehen und das …«

Ein paar Mägde betreten die Küche, um einige Bottiche zu holen. Ein Klappern ist zu hören und Kirsten wendet sich rasch von ihm ab. Noch immer ist es ihr unangenehm, vor dem Gesinde über private Belange zu sprechen. Sie hat zuweilen gespürt, wie sie vor den Zuschauern die Rolle einer Dienerin annimmt. Dass ihr Widerstand immer sonderbarer und schmerzhafter wurde und am Ende nur noch darin bestand, für ihn unerreichbar zu sein, ihm ihre Zärtlichkeit zu verweigern.

Er schaut Kirsten weiter an. Sieht sie an den flachen Tiegeln stehen, die Flammen züngeln um die Messinggefäße. Die Schatten verdichten sich bereits, denkt er, bald haben wir den Winter hier. Wieder ist ein Jahr vergangen, und was habe ich eigentlich geschafft? Bin ich mit meiner Forschung vorangekommen? Der Sekundenzeiger hängt Tag für Tag aufs Neue fest.

Er betrachtet Kirsten. Sie steht reglos da. Ihr Atem geht noch immer stoßweise. Tyge weiß sehr wohl, sie ist verärgert, weil er die königlichen Verpflichtungen nicht ernst nimmt. Ihr, die ein Kind armer Leute ist, hat man vor der Krone Respekt eingebläut. Ich finde doch aber keine Zeit für diese Dinge, Kirsten, denkt er. Ich muss unablässig forschen und kartografieren. Mein Werk soll schließlich überdauern. Soll in den Dokumenten überleben, die uns Menschen beschreiben, in Dokumenten, die, aus größerem Abstand gesehen, nicht nur uns selbst, sondern auch Gott abbilden.

Er sieht, wie ihre weißen Hände sich bewegen, und sie erscheinen ihm wie die vorbeieilenden Sterne, die man nie direkt anzuschauen vermag, sondern nur blinzelnd von der Seite erfassen kann.

Er verlässt die Küche, entfernt sich von ihr und den Mägden, dem Feuer und den Töpfen. Mit ruhigen Schritten begibt er sich zu seiner Kammer. Geht durch gepflasterte Korridore, an all den Räumen vorüber, in denen die Instrumente still unter ihren Abdeckungen stehen oder in mit Samt ausgeschlagenen Etuis ruhen. Sie warten auf sein Bauwerk, seine astronomische Studierstube und Festung, das unterirdische Observatorium Sternenburg.

✳

Am Abend schreitet er die Bänke entlang, auf denen die Studenten sitzen. Als er zu seinem Sohn Tyge kommt, hält er inne. Er ist mein Ebenbild, mein Nachfolger, denkt Tyge. In ihm werde ich sicher ruhen.

Tyge betrachtet die Rechenübungen, die vor dem Jungen liegen, und denkt: Noch ist er ein Kind, sein Interesse wird bald zunehmen. Das hier ist keine schwierige Mathematik. »Fahr nur fort«, sagt Tyge, als der Junge ihn mit müde glänzenden Augen ansieht.

Er geht weiter die Bänke entlang, nimmt einen der Studenten scherzhaft beim Nacken und drückt seinen Kopf auf die Tabellen hinunter.

✳

Es ist noch immer warm in seiner Kammer. Von hier aus kann man den Nachthimmel und das Meer sehen. Er sinkt auf seinen Stuhl nieder, betrachtet seine Knie, die sich unter den Beinkleidern abzeichnen, die spitzen Ellenbogen und die harte Kugel des Bauches. Die Hände greifen nach dem Wein, der Mund trinkt, die Seele gerät in Rausch: Alles dient, alles gehorcht seinem Sinn und Zweck, dient seinem Herrn. Er nimmt einen weiteren Schluck. Die Zunge wird rau und die Kaumuskeln ziehen sich zusammen. Er schließt die Augen, öffnet sie jedoch gleich wieder, als er eilige Schritte auf dem Gang vernimmt. Jemand pfeift vor sich hin. Es ist wohl Anders, der Knecht. Tyge erkennt die Melodie eines Kirchenlieds, bevor die Töne verklingen.

Der Blick gleitet über den Wandbehang. Über die Bücher. Den alten Globus aus der Studentenzeit. Hinter den Kerzenständern verunzieren Rußstreifen die Wand. Sein Tagebuch liegt vor ihm auf dem Tisch. Der Einband ist aus goldgepudertem, blassrotem Leder. Brantings Brief ragt zwischen den Seiten hervor. Er hat ihn all die Jahre aufbewahrt. Ein stechender Schmerz durchfährt plötzlich seinen Unterleib und ein Gefühl der Schwäche erfasst seine Glieder. Er legt sich vornüber auf den Tisch, den Kopf auf die Jackenärmel, und holt tief Luft. Als er sich ruhiger fühlt, zieht er Brantings alten Brief hervor und liest ihn ein weiteres Mal. »Du, Tyge, wirst eindringen in die tiefsten Geheimnisse des Himmels und lächeln über die Narreteien der Welt …«

Branting, denkt er, du, der du einst mein Lehrer und fast mein Freund warst.

Tyge schließt die Augen. Der Schmerz ist verschwunden und ein leichtes Wohlgefühl wie von einem morgendlichen Rausch hat ihn erfasst. Was er schreibt, wird erhalten bleiben. Er greift nach der Schatulle und rollt die Tabellen auseinander. Sein Blick folgt den Buchstaben und Ziffern. Den Beobachtungen von Mond, Mars und Venus. *Von Schwesterchen groß und Brüderchen klein.* Unerschütterlich da oben im großen Schweigen. Ihr stillen Augen, ihr strahlenden Sterne. Zieht dahin in ruhigem Lauf. Tote, Ungeborene und Himmelswesen, alles wird fortdauern. Dennoch, denkt er, ergreift mich Furcht. Und warum? Er betrachtet die Linien auf dem Wandbehang. Die Geweihe der Damhirsche ragen zwischen den Blättern auf. Furcht, wiederholt er, dass auch künftig ein Ungleichgewicht existiert, ein Riss. Dass sich auch weiterhin Zaudern breit macht. Ich habe Angst vor dem, was ich nicht an seinem Platz zu halten vermag.

Er muss vom Stuhl aufstehen und aus seinem winzigen Fenster schauen. Unterhalb der Wälle liegt der schmale Öresund. Das Wasser sieht völlig still aus. Als würde es sich verstellen. Als läge über allem etwas Trügerisches. Der Mond ist konkav, zeigt seine halb aufgelöste Scheibe.

Er quält sich selbst mit dem Gedanken, dass alles zusammenbrechen könnte. Konstruktionen könnten im Meer versinken, Fixsterne gleich lodernden Fackeln verbrennen. Ist der Mond vielleicht nur eine Glasscherbe, sind die Planeten nichts anderes als Schatten, Einbildungen? Nein. Um seiner Unruhe zu entkommen, blinzelt er in Gedanken zu den Sternen hoch. Kronen aus weißen Spitzen, gleich denen von Rosen. Kristalle aus Schnee oder vielleicht flüssiges Metall, das in Wasser erstarrt ist. Die Summe meines Tuns, meine Bestandsaufnahme des Himmels ist doch so einfach, denkt er. Ich will die Erde aus dem Dunkelkeller holen, will den Schließmechanismus verstehen. Ich möchte voraussagen können, wann das Licht hereinströmen und aus welcher Richtung es kommen wird. Ich will nicht sein wie das Kind, das auf dem Hof blinzelnd in der Sonne steht und nichts über sein eigenes Gesicht weiß.

Jetzt schlägt die Uhr. Und ihm kommt in den Sinn, was Kirsten eines Nachts geflüstert hatte, als das erste Kind in ihrem Leib zu wachsen begann: »Noch bin ich vollständig. Bin ein Einziges. Bald aber bin ich geteilt.«

Klein Kirstine, denkt Tyge, wurde kaum drei Jahre alt. Schlief sich durch die Krankheit und starb. In einem Atemzug, im Schlaf, im Fieber. Mein erstes Kind bekam nur den Namen Kirstine, keinen Vatersnamen – dafür hatte meine Familie gesorgt. Aber Mars, der rote, gehört ihr. Dem Mädchen mit dem roten Haar. Er lächelt und sieht die Kinder nacheinander vor sich erscheinen; sie treten hervor aus der Dunkelheit, sind wie Sterne, die langsam die Erde umkreisen. Dann erlischt zunächst Kirstine, gefolgt von Klaus. Tyge reibt sich die Augen, aber das Bild verschwindet nicht: Die Kinder bewegen sich um ihn herum und erlöschen eins nach dem anderen.

Er macht ein paar kurze, planlose Schritte durchs Zimmer. Aber das Unbehagen verfolgt ihn. Er erinnert sich, wie er in Hälsingborg ganz allein die Mariakyrkan betreten hatte, in jener Stadt, wo sein Vater Otto als Herr in der Burg Kärnan saß. Tyge hatte sich vor die Ahnentafel der Familie gestellt, die zusammen mit den Tafeln der stammverwandten Geschlechter Oxe und Bille in der Kapelle hing. Seit dem dreizehnten Jahrhundert standen Name und Lebenszeit jedes einzelnen Brahe auf einer solchen Tafel vermerkt. Unter die Brahetafel hatte er sein eigenes Epitaph für die Tochter Kirstine gehängt. Er hatte den Tag ihrer Geburt und ihres Todes aufgezeichnet und sich gewünscht, dass er ihr auch den Brahenamen hätte geben können. Dulcissima filiola naturale.

Kirsten hatte keine andere Möglichkeit gesehen, als ihn zu verlassen, da sie geglaubt hatte, das Kind sei gestorben, weil sie nicht kirchlich getraut seien. Tyge fuhr nach Lerberget zu ihrem Elternhaus, um sie zu suchen. Dort stand sie auf dem armseligen Acker der Familie und zog Rüben aus dem Boden. Finger und Rocksaum waren schwarz von Erde.

Er weiß noch, dass er es bewusst vermieden hatte, etwas zu sagen. Er war in der Kutsche sitzen geblieben und hatte vor dem Häuschen gewartet, während sie ihre Habseligkeiten holte. Durch die graue Gardine vor dem Wagenfenster hatte er ihre Mutter in der niedrigen Türöffnung stehen sehen und gespürt, wie groß deren Furcht vor einem Brahe war. Der Vater hatte sich erst gezeigt, als Kirsten schon nach der Klinke griff, um in die Kutsche zu steigen und sich neben Tyge zu setzen. Es war ihm aufgefallen, dass der magere, dunkelhaarige Pfarrer Kirstens Ansatz zu einem Lebewohl zu spät verstanden hatte. Der Mann hatte die Reisetasche aufgenommen, die Kirsten abgestellt hatte, um ihn zu umarmen, und das Gepäckstück auf das Dach der Kutsche gehoben.

Tyges Hände sind kalt geworden und er reibt sie leicht aneinander. Die gewaltige Kühnheit meiner Familie, denkt er. Und ihre Grausamkeit. Nunmehr wird nur Kirsten der Brahename verweigert, nicht mehr den Kindern.

Er setzt sich wieder an den Tisch und betrachtet die auseinandergerollten Papierbögen. Kirsten, denkt er, weiß nicht, dass ich meine Forschung mit ihrer Ehre bezahlt habe. Ihre Tugend, die Tugend der Mutter meiner Kinder, ist der Preis für all das hier: für Uranienburg und Sternenburg. So war es mit meiner Familie abgesprochen. Niemand aus dem uralten halländischen Geschlecht der Brahes sollte eine Frau aus niederem Stand ehelichen. Man kann mit einem Bauernmädchen Beischlaf halten, sie und ihre Bastarde viele Jahre lang bei sich haben, doch man erhebt sie nie in seinen Stand, macht sie nicht zu einer der Seinen.

Alles, denkt Tyge, was ich zustande gebracht habe, all meine wissenschaftlichen Erfolge habe ich mit Kirstens Tugend erkauft.

Gefühllosigkeit in den Fingern. Eine zunehmende Unbeweglichkeit. Vom Fenster her hört er das Schreien der Möwen, die über den Fischen kreisen, die, in Holzrahmen gespannt, auf schmalen Böcken zum Trocknen im Schlosshof liegen.

In zierlicher Schrift notiert er: »Eine leichte Unruhe in meinem Inneren, wo alles still und nichts zu spüren sein sollte, fängt an, mich zu stören.«

Jetzt ist die Feder zu Boden gefallen. Ich aber, denkt Tyge, bleibe sitzen. Vermag nicht mich hinabzubeugen und sie aufzuheben. Er schaut nach unten, betrachtet seinen Körper. Sieht den roten Bart, das Metallstück auf der Nase. Dann die Kniescheiben. Die Knöchel der Finger. In ferner Zukunft, denkt er langsam, wird mein Skelett in einem Sarg liegen.

Seine Hände beginnen erneut zu zittern, und dieser brennende Schmerz, er begreift ihn nicht.

Oktober

Durch das Fenster des Winterspeisesaals betrachtet Tyge den fremden Mann, der vor dem Haus mit kurzen Schritten umherstapft und darauf wartet, empfangen zu werden. Er veranstaltet ein großes Theater, um auf sich aufmerksam zu machen: Er schüttelt sich unverkennbar vor Kälte und schlingt die Arme um den Leib. Tyge steht hinterm Fenster verborgen. Er will nicht mit dem Mann reden. Jetzt tritt Kirsten aus der Tür und macht einen Knicks vor dem Besucher, der sie seinerseits kühl betrachtet. So sind diese Leute, denkt Tyge, denen die Wissenschaft nicht heilig ist. Ihnen ist nichts heilig. Kirsten lauscht dem Mann und nickt gefügig. Tyge sieht, dass der Besucher ein Schreiben übergibt. Nimm es nicht entgegen, Kirsten, denkt er. Fass das Papier nicht an. Doch sie nimmt das Schreiben, hält es mit beiden Händen, vorsichtig, als sei es etwas Achtung Gebietendes, und der Mann dreht sich um und geht, ohne Verbeugung, voller Geringschätzung für die nicht Geehelichte, die Frau niederen Stands, begibt sich zu dem Schiff, das auf ihn wartet. Tyge dreht das Gesicht zur Wand. Starrt auf das Bild, das dieselbe schmückt. Sieht die schneebedeckten Zweige des Baumes, die fröhlichen Schlittenfahrer. Das Pferd im Verschlag und das Eis auf dem See.

Als sie durch die Tür hereingetreten ist und stehen bleibt, wendet Tyge sich um und schaut sie an.

»Es ist das Erwartete, Tyge«, sagt sie leise.

»Das Erwartete?«

»Ja, ein paar Hinweise zu …«

»Das Erwartete«, unterbricht er sie gereizt.

Jetzt wirkt Kirsten unsäglich müde. Kann man denn so ein Gesicht machen, denkt er. Sie hält ihm das Schreiben vom König hin: »... zu deinen Obliegenheiten.«

In der Hand zittern die Schnüre des roten Siegels. Dickes, edles Papier und das Siegel der Krone. Aber, denkt Tyge, die Krone ist nur die Sonne. Von Bedeutung aber ist der Kopf, der die Krone trägt. Und dieser Kopf, das ist die Erde – der Mittelpunkt des Universums. Nicht dem König, nur Gott schulde ich meinen Dienst. Ihm, der alles erschaffen hat und dessen Zeichen auf unseren Körpern wie auf denen des Viehs zu finden ist.

Tyge betrachtet das Dokument in Kirstens Hand. Er denkt, ich habe einfach keine Schuldigkeit, dem Mann zu dienen, der, nur weil er Dänemarks Krone auf dem Kopf trägt, das Petschaft auf den Lack gedrückt hat.

Kirsten tritt näher. Sie schaut Tyge ins Gesicht, doch noch ehe sie den Mund öffnen kann, reißt er das Wort an sich: »Aber es ist nicht recht, Kirsten, mich zu stören. Braucht der König einen Knecht oder einen Mann der Wissenschaft? Ich habe den neuen Stern entdeckt, ich erforsche das ganze ...«

Sie unterbricht ihn ruhig: »Ich kann es tun, Tyge, dann hast du Zeit für deine Arbeit. Lass mich nach Kullen fahren und nach dem Leuchtturm sehen. Gestatte, dass ich mich um die Grabkapelle in Roskilde kümmere.«

»Niemals«, entgegnet er lachend. »Dich meine Angelegenheiten erledigen lassen? Nein danke, das ...«

Seine Stimme versagt. Mit einem Schlag fühlt er sich entsetzlich schwach. Das Herz flattert und er muss sich setzen. Sein Blick wandert zum Fenster. Ein brauner Vogel scheint an der buckligen Mauerkrone entlangzugleiten. Er fühlt, dass seine Lippen kalt und trocken sind. Kirsten geht aus dem Zimmer, um Wein für ihn zu holen. Seine Augen sind auf das Fenster gerichtet: Blankes auf Blankes. Steigt der milchige Nebel vom Boden auf oder aus meinen Augen, fragt er sich.

Steine, Ziegel und Mörtel, denkt Tyge. Papiermasse, Holzmasse, Placken im Lehm. Sklaven. Sklaven und Lehmzeit. Lehmzeit,

Schlammzeit. Die Zeit macht uns zu Sklaven. Die Namen werden durch Lehm beschmutzt, auf dem Weg zum Abtritt rutscht man im Schlamm auf ihnen aus. Saat, Ernte, Brache. Die Bauern, die den Boden nutzen – ihn bestellen und brachlegen –, ihre Arbeit ist ohne Ende, ohne Fortgang und ohne Krönung, denn stets tun sie dasselbe. Ihre Gesichter sind zahnlos, eingefallen, verzerrt … Und ihre Namen sind nur … Weshalb haben sie überhaupt Namen? Die Namen, die sie tragen, sind völlig einerlei! Sie könnten allesamt Rübe, Kartoffel, Stroh oder Mist heißen.

Was ist beständig? Beständig? Dein Name, Kirsten, ist ein Nichts. Niederen Stands und obendrein Frau. Aber ich, ein Brahe, ein Günstling, muss meinen Namen in die Zeit einkerben, darf niemals ruhen – es ist, als wollte man mit einem Zweig in einen Wasserlauf schreiben – so lange, bis er dort für immer zu lesen ist. Das Werk, das nie zugrunde geht, das zum Frühjahr nicht wieder in den Dung gepflügt wird, das einmal gebaut wird und danach für immer Bestand hat. Sternenburg, Uranienburg und das Firmament; Unterwelt, Welt und jene darüber.

Dann erscheint Kirsten mit dem Wein. Schenkt ein großes Glas ein und reicht es ihm. Sie setzt sich neben Tyge, und er sieht, dass sie ihre Unruhe zu beherrschen sucht.

Er trinkt das Glas aus und dann versucht er zu erklären: »Hör mir zu, meine Liebe. Fredrik der Zweite kann nicht bestimmen über das, was geschieht. Hven ist das Auge, das sich zum Weltall geöffnet hat. Verstehst du, Kirsten?«

Sie schlägt den Blick nieder. Auf ihren bleichen Wangen zeichnen sich rote Flecken ab. Sie weiß, dass der König ihnen alles nehmen kann. Dennoch enthält sie sich jeden Einwands. Tyge lässt sie nicht aus den Augen, wird ungeduldig, steht vom Stuhl auf und geht um sie herum: »Niemand wird die Insel anrühren, nur weil mir keine Zeit für ein paar nebensächliche Verrichtungen bleibt. Ich bin Tyge Brahe – der einen neuen Stern am Himmel entdeckt hat. Der bewiesen hat, dass Gott etwas hinzufügt und wieder nimmt. Hven ist meine Insel. Mein Lehen. Ich muss mich bei meiner Arbeit nicht stören lassen. Die Verpflichtungen, sie sind … nur symbolischer Natur, Kirsten. Sorge dich nicht.«

Er wendet sich zur Tür, um zu gehen, bleibt jedoch vor dem Fenster stehen. Unablässig streifen neue Vögel an den Ufern der Insel entlang. Mit ihrer runden Brust scheinen sie Grashalme, Mauerkronen und Wellenkämme zu berühren. Zwei Männer ziehen einen schwer beladenen Karren am Ufersaum entlang. Ein Kind mit einem Rohr in der Hand folgt dem Gefährt. Hebt die Füße beim Gang durch die schlammigen Pfützen. Tyge sagt, ohne noch länger zu wissen, warum: »Der Leuchtturm auf Kullen und die Präbende, die Grabkapelle in Roskilde.«

Er trinkt erneut und atmet schwer.

Kirsten steht auf und geht langsam zum Fenster. Mit zitternden Fingern wickelt sie die Rolle auseinander. Liest langsam die verschnörkelten Buchstaben. Und all das, was sie befürchtet hatte, steht auf dem Papier. Sie denkt, jetzt hat sich die Angst zum Augenblick gesellt. Zeit und Schrecken haben zueinander gefunden. Sie liest, die Krone habe Nachsicht walten lassen, doch nun werde sie binnen kurzem Maßnahmen ergreifen. Dass niemand, möge er auch noch so viel für die Wissenschaft geleistet haben, seine Pflicht gegenüber dem Vaterland vergessen dürfe. Dass die Sache in Bälde einen Punkt erreicht habe, an dem das Vaterland kein Auge mehr zudrücken könne. Dass die Übergabe eines Lehens eine Angelegenheit des Vertrauens, verbunden mit Pflichterfüllung, sei und keinesfalls eine Schenkung. Wie leicht dieses Vertrauen erschüttert und das Lehen zurückgenommen werden könne.

Sie sieht das rußgeschwärzte, steinharte Brot vor sich, das sie daheim in Lerberget gegessen hatten. Mutters unruhigen Blick bei Tisch, wenn ein anderer als Vater von den Speisen nahm. Die Familie war schließlich um so vieles ärmer als die meisten anderen seiner Gemeinde. Die Bauern machten keinen Hehl daraus, dass sie den Pfarrer um das Salär betrogen, das ihm nach dem Kontrakt zustand. Kirsten entsinnt sich der peinlichen Prozedur, als der Vater ein ums andere Mal für Weizen danken musste, der mit Spreu durchsetzt war, für Heu voller Gestrüpp oder für mit Wasser verdünntes Bier. Lerberget, denkt sie. Pinkeln zwischen Rhabarberstauden. Kirsten betrachtet die feinen Bläschen im Fensterglas, sieht, wenn sie den Kopf dreht, wie sich die Steine auf dem Schlosshof in langsamen Wellen bewegen. Sie erinnert sich, dass sie als Kind mit gesenkten Augen in den Straßengraben getreten war, genau wie ihre ganze Familie und all die anderen, die dort unterwegs waren, wenn die Kutsche der Brahes vorüberfuhr. Sie weiß, es ist unmöglich, zu dem zurückzukehren, was gewesen ist. Für sie gibt es keine Türen, weder hinein in die Vornehmheit noch aus ihr heraus.

Er sitzt in seiner Kammer und geht die Entwürfe für Sternenburg durch. Legt die Finger auf bestimmte Teile, betrachtet den Rest mit halb geschlossenen Augen und trifft Entscheidungen. Alles wird so werden, denkt er, wie ich es sehe. Er hat das ganze unterirdische Gebäude im Kopf, sieht jedes Detail. Zuerst ist da ein Vestibül. Von dort aus steigt man die in Stein gehauenen Treppenstufen hinunter. Dann kommt man in einen viereckigen, ganz und gar unterirdischen Raum. Das ist das Hypokaustum. Die Nabe von Sternenburg. Alles geht von diesem Raum aus. Hinter einem Holzpaneel befindet sich ein Bett in einem gemauerten, gewölbten Alkoven. Dort gedenkt er zu ruhen, wenn der Himmel des Nachts zu bewölkt ist, um Beobachtungen vorzunehmen. Vor dem Paneel soll ein länglicher Tisch stehen. Dort wird der Student sitzen, der die Beobachtungen am entsprechenden Abend niederschreibt. Hinter dem Tisch, in Richtung Paneel, hängt ein großes Instrument. Das ist der Azimutal-Halbkreis. Den gebraucht man zum Messen von Sterndistanzen an jeder beliebigen Stelle des Himmels. Er hat ihn selbst gebaut. Dann sind da noch die Uhren. Sie hängen im nordwestlichen Winkel um den Tisch herum. Eine Uhr für jede Art der Zeit: Stunden, Minuten und Sekunden. In der nordöstlichen Ecke steht ein großer Eisenofen. Bei den Beobachtungen im Winter wird es in den unterirdischen Räumen kalt. Dann sitzt man an diesem Ofen zusammen.

Tyge unterbricht seine Durchsicht; er will in Gedanken bei den zitternden Sternhaufen bleiben, bei den Namen, auf die, wie er weiß, jene dort oben schon warten. Ich werde, so denkt er, ihre Namen nennen, werde sie aus dem Unbekannten aufsteigen sehen, werde beobachten, wie sie aus der Tiefe hervortreten. Von der Trosse gelöst, befreit, gleich Treibgut, das jählings an die Oberfläche schwimmt. Roter Stern, weißer Stern und blauer. Haarstern, kalter Stern und Gasstern. Sie liegen, denkt er, wie die Saat im Ackerboden, warten darauf zu wachsen, um geerntet zu werden. Tyge seufzt, als sei er des Gedankens an sein Werk schon überdrüssig, an jenen Sternkatalog, den er mittels seiner Beobachtungen aufzustellen gedenkt. Der Sternkatalog des Ptolemäus, denkt er, hat 1028 Sterne. Der des Tyge Brahe wird mehr haben.

Morgen wird er die Aufseher antreiben. Sie müssen weitere Bauern für die Arbeit herbeiholen. Sternenburg soll bis zum nächsten Frühjahr fertig sein. Sie müssen in die Häuser und Hütten gehen und die Leute, wenn nötig, an den Füßen herausziehen. Sollten sich diese widersetzen, gibt es schließlich noch den Dunkelkeller.

✷

In der Nacht träumt er erneut vom Hass der Bauern. Selbst im Traum sagt er sich, dass ihn das alles nicht quälen dürfe. Die herrschende Ordnung ist unerschütterlich. Durch eine höhere Macht begründet. Diese Ordnung, ruft er ihnen zu und lässt den Blick über ihre sonnenverbrannten, trockenen, rissigen Gesichter wandern, ist unerschütterlich! Auch sie schauen ihn an, aber sie können nicht nicken, nicht lächeln, können nicht reden, ihm nicht zeigen, dass er Recht hat. Irgendetwas ist an den Bauern, das ihn erschreckt. Es hat mit ihrer hohen Sterblichkeit zu tun, ihrer Austauschbarkeit. Wer kann eine Rübe von der anderen unterscheiden? Gesichter dicht an dicht, wie Blätter am Baum oder Stachelbeeren am Strauch.

Man muss die Sterne voneinander unterscheiden, sagt er sich im Traum, sie sind alle verschieden, ewig und verschieden. Jede ihrer Spitzen, Zacken oder Haarsträhnen hat ihre eigene Form.

Doch Bauer ist gleich Bauer, Rübe gleich Rübe, ein Grashalm

wie der andere. Die Unruhe im Traum nimmt zu, ein knirschender Laut ertönt aus der Mechanik, die Uhren verlangsamen ihren Lauf.

Er erwacht, tastet in der Dunkelheit hektisch nach der Laterne und will sofort – wie immer – mit seiner Angst zu Kirsten eilen. Er zündet das Licht an und setzt sich auf die Bettkante. Blickt hinunter auf seine tintenfleckigen Handflächen. Auf die breiten, zitternden Finger. Tyge hebt die Hände vors Gesicht und flüstert in ihre Wölbung: »Verzeih mir, Kirsten, dass ich all unsere Zeit, unser ganzes Leben aufzehre. Dass ich zwar sehe, wie traurig du bist, aber nichts habe, um dich zu trösten. Dass unsere Kinder sterben. Unsere Kinder, Kirsten.«

Er lauscht in die Dunkelheit. Schwarze Wolken, Dünste. Kein Laut ist zu hören. Keine Uhr schlägt, keine Schritte im Korridor. Hat sich alles losgelöst, so wie im Kochtopf das Fleisch vom Knochen?

Eine Ordnung aber, sagt er sich, die gibt es. Ja, es gibt sie. In der Beobachtung liegt die Wahrheit über die Dinge: Er hebt sie durch seinen scharfen Blick und seine Worte empor. Beschreibt man die Dinge, trägt man sie in diese Welt hinein. Er sucht die Aufzeichnungen vom 13. November 1577 und liest, was er über den Kometen, den Haarstern, notiert hat:

»Der Komet war groß und bläulich weiß, versehen mit einem langen Schweif. Der Schweif erstreckte sich ostwärts und lag in entgegengesetzter Richtung zur Sonne. Die Beschaffenheit des Schweifs erinnerte an Haare oder Strahlen von rötlicher Farbe, welche sich nahe am Stern verdichteten, weiter draußen jedoch ausdünnten. Er war leicht gekrümmt, einwärts gebogen in Richtung Horizont. Der Kopf des Kometen befand sich kurz über dem Kopf des Schützen und der Schweif erstreckte sich bis zum Horn des Steinbocks. Er bewegte sich mit großer Geschwindigkeit ostwärts. Erreichte Antinous' linke Hand, passierte darauf den Schwanz des Delphins und die Nüstern des Kleinen Pferdes, verlor dann an Bewegung und verschwand am 26. Januar zwischen den beiden kleineren Sternen in der Brust des Pegasus.«

Tyge atmet schwer, der brennende Schmerz schwillt an und nimmt wieder ab. Seine Hände zittern. Ich war es, denkt er, der bewiesen hat, dass der Komet supralunar war, sich im Äther befunden hatte – jenseits und nicht diesseits des Mondes. Ich bin es doch gewesen. Durch Genauigkeit habe ich bewiesen, dass es einen Raum mit beweglichen Körpern auch jenseits des Mondes gibt.

Er rollt den Papierbogen zusammen und legt ihn in seine schützende Schatulle. Dann bleibt er mit hängenden Schultern auf der Bettkante sitzen. Um ihn liegt Schloss Uranienburg still auf der stillen Erde und Kirsten liegt still in ihrem Bett. Er schließt die Augen und sieht sie vor sich: Ihr Zopf ruht auf dem Federbett, die Hände sind auf der Brust gefaltet. Ihr Atem geht ruhig und gemessen, im Takt mit der Zeit. In Eintracht mit der Uhr. Jetzt und jetzt und jetzt.

Endlich bringt er es fertig, die Kerze auszublasen und sich wieder lang auszustrecken. Die Gedanken verharren bei den guten Dingen. Bei dem Schloss, in dem er lebt. Uranienburg, Hvens Wunderwerk. Im Frühjahr, am hellen Tag, hebt sich der Backstein in der Sonne rot von den Graswällen ab. Er sieht das Labyrinth des Gartens vor sich, wo die Farben sich wie fremde Sprachen gegenüberstehen und die Pfaue ihre Füße nur zögernd auf den Boden setzen, so als hätten sie alle Zeit der Welt und wären von seinen großen, treuen Wachhunden nicht schon längst argwöhnisch beäugt worden. Die dreihundert Obstbäume. Die Lusthäuser, die weißroten Dächer der Pavillons, die sechzig Fischteiche, die zu Rosetten geformten Bäume und schließlich die Rosenranken, die sich um die Spaliere winden.

Tyge spürt, dass er in die Dunkelheit hinein lächelt. Sternenburg, denkt er, wird bald fertig gestellt sein. Dann besitze ich zwei Schlösser, die in dem allergrößten beherbergt sind: Sternenburg, Uranienburg und das Universum. Die Unterwelt, die Welt und schließlich die Welt darüber.

Er dreht sich auf die Seite und denkt, dass Sternenburg, das Observatorium, unter die Äcker gesenkt und zur Pupille im Auge werden wird. Von dort soll der Blick aufsteigen, um den hohen, stillen Lauf der Sterne zu schauen. Seine Lippen öffnen sich, als er jene Fixsterne vor sich sieht, um derentwillen er seinen Katalog aufstellt, und in Gedanken zählt er ihre Namen auf: Tyge, Kirsten, Kirstine, Magdalena, Klaus, Sophie, Elisabeth, Sidsel, Klein Tyge und Jörgen.

Das einzige Gebet, das es wert ist, gebetet zu werden, denkt Tyge Brahe, ist jenes um Klarheit und Ordnung. Und der einzige Ort, an dem ich die Ordnung erschaffen kann, ist hier auf Hven.

November

Kirsten steht an den Ständen und wählt unter dem Gemüse aus. Sie hat viel einzukaufen. Die Frau ihr gegenüber nennt murmelnd die Preise und starrt sie unter ihrem Wolltuch hervor an. Wir sind nicht beliebt, denkt Kirsten. Tyge holt sich die Männer dieser Frauen und zwingt sie zu unbilligem Tagewerk. Widersetzen sich die Bauern, steckt man sie in den Dunkelkeller. Kirsten nimmt ein Bund Schwarzwurzeln auf und will soeben nach dem Preis fragen, als sie etwas Hartes in den Nacken trifft. Sie fällt vornüber auf ein paar Obstkisten und kann noch sehen, dass die Frau jemandem hinter ihr zulächelt. Kirsten liegt auf den Äpfeln und spürt, wie harte Gegenstände sie erneut am Hinterkopf und in den Rücken treffen. Sie versucht sich aufzurichten. Niemand hilft ihr. Keiner auf dem Markt rührt sich. Ihr Blick geht suchend über die Menge. Erst als sie den Pfarrer mitten unter den Leuten erblickt, erreichen sie die Worte, die jemand geschrien hat, als man sie bewarf: »Das Kebsweib des Schlossherren! Seine Hure!« Sie streckt den Rücken durch und schaut dem Pfarrer direkt in die Augen. Er steht reglos da, ein paar Meter entfernt, wirkt unentschlossen und weicht ihrem Blick aus.

*

Kirsten sitzt allein in ihrer Kammer. Bewegt den Schaukelstuhl vor und zurück. In ihrer linken Hand hält sie eine kleine, klebrige Kugel. Ihre Fingerspitzen sind schweißnass und die schwarze Kugel hat auf sie abgefärbt. Ich hasse es, denkt Kirsten, zu weinen und den Wunsch zu haben, getröstet zu werden. Hasse es, wie eine Idiotin auf Zehenspitzen dazustehen und jemanden um etwas bitten zu müssen. Sie blickt auf den Schlosshof hinaus. Trockene Schneeflocken wirbeln über die Steine, bleiben aber nicht liegen. Tyges große Hunde gönnen sich eine Pause, die Schnauze zwischen die mächtigen Vorderpfoten gelegt. Ein Kind hockt am Tor, über seinen Schultern hängt eine Wolldecke. Kirsten steht auf und verlässt das Fenster. Sie streckt sich auf dem Bett aus, dreht das Gesicht zur Wand. Ihre Augenlider schmerzen. Sie hebt die Kugel an die Lippen, lässt sie ein Weilchen auf der Zunge liegen und schluckt sie dann. Der Geschmack ist scharf und schockierend. Aber sie weiß, bald wird sie Wärme verspüren. Die Luft wird erst einen gelblichen Schimmer annehmen und dann werden die Gesichte erscheinen, die schönen Träume.

Ihre Handgelenke werden grün und durchsichtig. Langsam berührt sie sich selbst. Die verblüffende Weichheit der Hand, des Bauches und der Schenkel. Es ist wundervoll. Kribbelnde, genussvolle Bewegungen unter der Haut. Wie Kindsbewegungen.

*

Sie essen schweigend. Tyge betrachtet Kirsten. Er sieht an ihrem stieren Blick und den graubleichen Wangen, dass sie erneut Drogen genommen hat. Er will gerade den Mund aufmachen und sagen, wie sehr ihn das betrübt, als sie erzählt, man habe sie heute auf dem Markt beworfen. Mit fauligem Obst. Es waren die Bauernkinder. Sie berichtet, man habe irgendwelche Schmähungen geschrien, weil sie nicht verheiratet sei. Als Tyge mit gedämpfter Stimme fragt, was genau man gerufen habe, ist sie nicht bereit, es zu erzählen. Er lässt das Besteck auf den Teller fallen und macht eine rasche Handbewegung, sodass der Weinbecher fast umgefallen wäre. Rote Spritzer laufen die Wand hinunter, und Tyge ruft, er werde zehn dieser Bauernteufel in den Dunkelkeller sperren. Kirsten aber sieht ihn nur an, bevor sie aufsteht und hinausgeht.

Er zittert am ganzen Leib, denkt, Kirsten will nicht verstehen, dass ich sie nicht ehelichen kann. Vor Unbehagen ist ihm kalt. Er weiß, was sie jetzt tut: Sie geht zu ihren Töpfchen und kaut ihre Kräuter. Dann sitzt sie tagelang betäubt da und wiegt den Körper hin und her.

Tyges Gesicht ist starr, wie vor Kälte. Was er Kirsten nie erzählen kann, diese alte, widerwärtige Erinnerung, steigt in ihm auf.

Jetzt schlägt die Uhr.

Seine Fingernägel bohren sich in die Handfläche. Wie könnte ich denn beschreiben, dass mein Vater, ein hoher Militär, mir gezeigt hat, wie man mit Leuten niederen Standes verfährt? Tyge verspürt ein ängstliches Ziehen im Glied.

Das Bauernmädchen. Ihre spröde, schuppige Haut.

Ihr weißes Gesäß im Dunkel des Stalls. Er erinnert sich, dass er an erhitztes Blech gedacht hatte.

Die Unschuld, die es ihr zu nehmen galt.

Das ist unser Recht, sagte sein Vater, unser Los. Und Tyge war in jener Stunde so voller Furcht gewesen, dass er den Vater gehasst hatte. Gemeinsam hatten jener und er dem Mädchen die Unschuld genommen. Hinterher war sie schluchzend aus dem Stall gehinkt, Blut und Samenflüssigkeit liefen ihr an den Schenkeln hinunter. Sie hielt ihr hässliches Gesicht zu Boden gesenkt. Und schon drei Tage später hörte Tyge, wie ihre kleinen Brüder sie zum ersten Mal Hure riefen. Sie rannten hinter ihr her und bewarfen sie mit Steinen.

Tyge betrachtet die Spuren vom Wein an der Wand. Löst die zitternde Hand vom Becher. Als ich Kirsten begegnet bin, denkt er, war es meine Absicht, die Ehe mit ihr einzugehen. Doch meine Familie drohte, mich zu enterben, mich namenlos zu machen, mir jegliche Mittel zu nehmen. Ich hätte niemals forschen können.

Er weiß, in gewisser Weise hat er seine Forschung mit Kirstens Ehre erkauft. Sie, eine Pfarrerstochter, denkt er, muss als Kebsweib leben, damit ich, Tyge, ein Mann der Wissenschaft sein kann. Je mehr Ehre ich erringe, desto mehr Schande kommt über sie – denn das Licht fällt auf uns beide. Er betrachtet seine Hände, ihre schattigen Falten, und mit einem Gefühl des Unbehagens fragt er sich, was wohl geschehen wäre, wenn er auf der Heirat beharrt hätte. Denn gewöhnlich hatte man ihm gegeben, was er wünschte. Vielleicht aber, denkt er, stand mir gar nicht der Sinn danach, sie zu heiraten. Vielleicht war auch ich irgendwie der Ansicht, dass es sich nicht schicke, eine Jörgensdotter zu einer Brahe zu machen.

Er wischt sich den Mund, verlässt den Tisch und geht in seine Kammer. Steht dann lange am Fenster und schaut nach draußen. Es ist noch nicht völlig dunkel. Kalter Wind fegt über das Schilfdickicht und führt Körner harten Schnees mit sich. Eine Frau unten am Wasser trägt ein Bündel vor dem Bauch. Sie eilt gebückt vorwärts, gleichsam schlingernd, dicht am Ufer entlang.

Dieses Bauernmädchen, denkt Tyge, hatte ein unschönes Gesicht. Solche Menschen – warum sind sie so hässlich? Damit wir kein Mitleid mit ihnen empfinden? Sie stank nach Schweiß und Urin. Ihr Haar war von pissgelber Farbe. Die Zähne faulten bereits und ihre Augen hatten einen dumpfen Ausdruck. Sie wäre in jedem Fall eine Hure geworden.

Tyge schließt die Augen, doch die Erinnerung verschwindet nicht. Was ist das nur für eine Zeit? Es ist die alte Zeit, denkt er. Nach uns werden neue Ordnungen entstehen. Nach mir.

Sein Bauwerk nimmt an Weite und Tiefe zu. Den ganzen Tag hat er bei den Gruben gestanden und zugesehen, wie man das Fundament legt. Die Grundfläche hat nun exakt dieselbe Größe wie die von Uranienburg. Die Symmetrie, denkt er, ist heilig und sie gibt Kraft. Ich werde den Himmel in die Erde versenken. Der Platz unter diesen Äckern wird das Universum bergen. Ich messe es aus und hole es auf den Boden herunter, sehe die Bahnen der Sterne, deute ihre Sprache. Ich werde, er reckt sich in die Höhe, von einer Burg unter der Erde aufblicken. Und diese Burg soll den Namen Sternenburg tragen.

Die entkräfteten Bauern bewegen die Lippen und fluchen lautlos beim Schleppen der Steine. Einer von ihnen bleibt stehen, blickt sich um und lässt dann den Schwellenstein aus rosafarbenem Marmor auf die vergoldeten Schrauben fallen.

✳

Beim Betrachten des Baus ergreift Tyge das eigentümliche Gefühl, einer wahren Erkenntnis ganz nahe zu sein. Das, was ich bin und was das Einzige von wirklicher Bedeutung ist, das Einzige, was tatsächlich fassbar ist, liegt still in einer dunklen, dahinrollenden Nacht, denkt er. Ich bin der Ort, der im Universum liegt, der einzige feste Punkt im Weltraum. Eine unumstößliche Wahrheit. Deshalb bin ich der Herr auf diesem Schloss, deshalb erteile ich den Lebenden Befehle. Ich bin die Insel selbst. Das ist eine Tatsache. Und im Nebel bewegen sich die Himmel um mich, die

Erde. Nebelverhangen liegen Ozean, Acker und Wald. Tyge hebt den Blick und der Gedanke durchbraust ihn wie ein Sturm: Die Spinne der Hand, die Grasnarbe unterm Fuß, all das bin ich.

Auf dem Rückweg zum Schlosshof sagt sich Tyge, wie absurd es doch sei, dass man ihn dazu bringen will, Hven zu verlassen. Ist es denn überhaupt möglich, sich selbst zu verlassen? Nein, denkt er ruhig, alles hat seinen Platz, seine Ordnung, nimmt seinen Lauf. Also wandere ich hier, sagt er sich, während er den Graswall erklimmt, und Kirsten wird mir folgen und hinter uns her laufen die Kinder.

*

Dessen wird er niemals müde: die Zeichnungen von Sternenburg durchzugehen. Detail für Detail. Auf dem Deckengewölbe des Hypokaustums soll sein Weltsystem dargestellt werden. Jener Mann aus Antwerpen, Hans Knieper mit Namen, soll die Dekorationen vornehmen. Und unter dem Gemälde des Weltsystems, an der nördlichen Wand, soll ein großes Bildnis von ihm, von Tycho Brahe, seinen Platz haben. Tritt er öffentlich hervor, benutzt er stets die Latinisierung seines dänischen Namens. Auf dem Bild wird er mit einer Hand hinauf zu seinem eigenen Weltsystem weisen und zwischen zwei Fingern eine kleine Tafel mit der Inschrift halten: »Könnte es so sein?«

Tyge lächelt vor sich hin, streicht sich über den roten Bart und geht in Gedanken weiter hinein in die unterirdische Burg. Vom Hypokaustum führen Türen in die anderen Räume. Dort werden die großen Instrumente, die jetzt noch wartend in den Werkstätten Europas stehen, aufgestellt sein. Der größte dieser Räume liegt nach Süden. In ihm befindet sich die große Äquatorial-Armillarsphäre. Mit dieser Armille wird er die Deklinationen der Sterne überall am Firmament messen. Der Raum hat eine nach oben gewölbte Decke, deren Klappen sich in alle Himmelsrichtungen öffnen lassen.

Im Südosten kommt man vom Hypokaustum auch zu dem riesigen Sextanten. Er wird auf einem drehbaren Globus montiert stehen, damit der Winkelabstand der Sterne an jeder Position messbar ist. Und im Südwesten gelangt man zum Geometrischen Quadranten. Der ist ein großes Instrument aus solidem, gehärtetem Eisen. Eingeschlossen in diesem Quadranten befindet sich ein mit einer Skala versehener Viertelkreis. Gleich dem Armillezimmer ist auch dieser Raum mit gemauerten Stufen ausgestattet. Während der Beobachtungen kann man dort nach oben und nach unten steigen, je nachdem, welche Höhen man messen will. Das Dach in diesem Zimmer ist ebenfalls drehbar und dessen vier Klappen können zum Weltenraum geöffnet werden. Von Sternenburg aus, denkt Tyge, werde ich die Luken zum Himmel selbst auftun. Ich werde mich nach oben strecken, bis mein Gesicht dem Himmel so nahe ist, dass ich die Zacken und Spitzen der Sterne von allen Seiten betrachten kann. Er seufzt beglückt, und wie üblich geht ihm ein Refrain durch den Kopf: Weißer Stern, roter Stern und blauer. *Schwesterchen groß und Brüderchen klein.*

Mit seinem tintenfleckigen Finger folgt Tyge dem Gang, der aus dem Hypokaustum hinausführt. Er begibt sich im Geist in den nordöstlichen Raum. Dort steht der zweite Quadrant auf einer Eisensäule, die sich ihrerseits auf einer Steinsäule erhebt. Mithilfe des Schattens, der vom Stab in das Visier fällt, kann man die Höhe der Sonne bestimmen. Das Dach des Raumes ist drehbar und hat zwei Klappen. Auch sie können in alle Himmelsrichtungen geöffnet werden. Aus diesem Raum gelangt man in ein Zimmer von genau der gleichen Art. Hier steht seine zweite Armille. Parallel zur Himmelsachse hat auch sie einen eisernen Meridian mit einer beweglichen Achse. Das ist ein Zodiakalkreis. Tyge hat beschlossen, dieses Instrument Zodiakal-Armillarsphäre zu nennen. Alle diese Instrumente hat er selbst konstruiert.

Er notiert rasch: »Ist es notwendig, die Instrumente zu berühren, um sie zu verstehen?«

Er sitzt einen Moment völlig reglos da und spürt, dass dieser Satz etwas Lustvolles enthält. Die Lust nimmt zu und sein Herz schlägt heftiger. Tyge erhebt sich vom Tisch, nimmt seine Laterne und klopft bei Kirsten an. Sie sitzt mit wachen Augen im Bett.

Tyge kriecht auf allen vieren über den Boden. Sie versucht ernst zu bleiben, kann aber ein Kichern nicht unterdrücken. Er schnappt nach ihrer Zudecke, und es gelingt ihm, das Oberbett auf die Dielen zu ziehen. Dann holt er auch das Federkissen langsam mit den Zähnen herunter, bevor er an ihrem Nachtgewand zu zerren beginnt.

»O nein!«, ruft sie und klammert sich rasch an seinem Rücken fest, und obgleich er sich knurrend aufbäumt, bleibt sie schweigend daran hängen.

*

Gemeinsam schleichen sie über den Schlosshof und über die Wälle bis nach Sternenburg. Die Krypten liegen halb offen unter dem Himmel. Sie steigen die Holztreppe hinunter, die bald durch eine in Stein gehauene ersetzt sein wird. Als Kirsten lächelt, glänzen ihre Zähne im Schein der Laterne. Sie gehen durch die Räume, klatschen in die Hände, rufen und lachen. Das Echo hallt zwischen den Wänden wider. Er stellt die Laterne ab und sie kriechen in den gemauerten Alkoven.

Die Schatten ihrer Locken, ihres Mundes und der Nase bewegen sich auf ihrem Gesicht. Unter den Kleidern ist die Haut fiebrig warm und weich. Sie lacht an seinem Ohr und er flüstert verspielt: »Urania.«

Als sie wieder im Schloss sind, liegt er mit offenen Augen neben Kirsten. Blickt zum Fenster und auf den Nachthimmel hinaus, der durch einen Spalt im Bettvorhang zu sehen ist. Vielleicht sind sie ja höhere Wesen, denkt er und meint die Sterne. Platons Vierfüßer, die ein Rad schlagen und himmlisches Licht ausstrahlen. Bestehen sie aus Gas, Haar, Gold oder Feuer? Sie können allesamt sehr wohl von vollkommen verschiedener Substanz sein. Vielleicht befinden sie sich im Inneren eines Rades oder sie bilden den Mechanismus um das Rad herum. Tyge löst den Blick vom Fenster, schließt die Augen und sieht hinter den Lidern das helle Negativ des Bildes schimmern.

Dezember

Kirsten starrt vor sich auf den Tisch. Ihre Augen sind rot und ihr ist übel. Resigniert hebt sie die Hand und sieht Tyge an. Zwischen ihnen liegen etwa zwanzig Schreiben, alle versehen mit dem königlichen Siegel. Kirsten ist kaum imstande, das Weinen und die Angst in ihrer Stimme zu unterdrücken: »Warum«, fragt sie flüsternd, »hast du mir die nicht gezeigt?«

Tyge weiß keine Antwort darauf. Am Ende entschließt er sich, das zu sagen, was er im tiefsten Inneren verspürt: »Weil sie unwichtig sind.«

Kirsten reibt sich die Hüfte und blinzelt verwirrt. Sie streckt die Hand aus, berührt eine der roten Quasten an der Schnur um das Papier und zwingt sich, Tyge anzusehen: »Edelleute von fast ebenso hoher Abkunft hat man für weit geringere Versäumnisse mit Festungshaft belegt.«

Er steht vor ihr und weiß sehr wohl, dass ihre Furcht begründet ist, aber er kann ihr nicht helfen. Seine Hände hängen schlaff herunter. Er denkt, Kirsten ist unfähig, an das gute Leben zu glauben, zu glauben, dass sie nicht wieder zurückgeworfen werden wird in jenes Leben, das sie als Tochter des Gemeindepfarrers führte, oder gar in noch ärmere Verhältnisse. Es spielt keine Rolle, dass sie in einem Schloss wohnt, dass sie hier bei mir ein Dasein hat, das dem der vornehmsten Schlossherrin gleichkommt. Wer in Armut geboren ist, fürchtet zeitlebens Hunger und Not. Der glaubt, dass nur der Zufall ihm eine hohe Stellung beschert habe und dass dieser Zufall ihm auch alles wieder nehmen könne.

Er wiederholt mit schwacher Stimme: »Sie sind unwichtig, Kirsten ...«

Sie wendet sich ab, schaut aus dem Fenster und flüstert vor sich hin: »Wir können lediglich darauf hoffen, dass man uns in Kopenhagen vergisst. Dass niemand sich plötzlich unserer erinnert.«

Er hat große Lust, ihr zu versprechen, dass alles gut werden wird, dass er in Kürze an den Hof fahren, den König treffen und alles regeln wird – doch sieht er sich nicht dazu imstande. Es geht einfach nicht.

Er stellt sich ans Fenster, dreht ihr den Rücken zu und schaut auf die Wellenkämme, ohne wirklich zu sehen. Ich ertrage es nicht, denkt er, mich auf dieses Intrigenspiel einzulassen. Ich bin Wissenschaftler, Astronom. Ich kenne meine Feinde. Wie sollte ich sie ernst nehmen können? Peder Sörensen, der Leibmedikus des Königs, hasst die Mildtätigkeit, die heilkundlichen Dienste, die Kirsten hier ausübt. Dass sie die Armen gratis empfängt. Dass wir Salben und Pillen unentgeltlich verteilen. Dass ich den Exorzismus in der Taufe verboten habe. Was macht es mir aus, dass Sörensen tobt? Wenn ich gegen ihn ankämpfen würde, bekäme er nur eine Bedeutung, die er nicht hat. Wie sollte mich das kümmern?

Er hebt den Blick von dem grauen dichten Fond der Wellen und will sich soeben umdrehen, um Kirsten zu beruhigen, als er hört, wie die Tür hinter ihr zuschlägt.

*

Es ist Heiligabend, und sie essen und trinken. Die Kinder sind zu Bett gegangen, und Tyge will sich berauschen, er lacht und versucht die Stimmung zu heben. Er erzählt, obgleich er weiß, dass Kirsten die Geschichte kennt, wie er Kronprinz Christian, der noch ein Knabe gewesen war, auf Hven herumgeführt hatte. Wie dieser Tyges Himmelskugel angestarrt hatte, auf der das ganze Sternsystem und die Planeten gekennzeichnet waren. Der Junge hatte sprachlos dagestanden und das mechanische Kleinod betrachtet: Sonne, Mond und Sternbilder umkreisten langsam die Erde. Tyge hatte den Globus ganz ruhig von seinem Sockel gehoben und ihn dem Jungen geschenkt, der, vor Freude errötend, sein Medaillon abgestreift hatte, um es ihm im Gegenzug zu überreichen. Tyge zeigt Kirsten das Stück: »Schau her, Christians Medaillon. Perfekt gegossen: die Nase, die Stirn. Glaubst du wirklich, dass diese Familie uns übel will? Wir sind unter Freunden, Kirsten, unter Freunden …«

Sie nickt, ohne zu antworten, hebt das Glas zum Mund und trinkt. Sie war doch selbst dabei, als der junge Kronprinz hier zu Besuch gewesen ist. Tyge betrachtet ihre bläulich verfärbten Lippen und Zähne, der Anblick rührt ihn. Der Blick aus Kirstens Augen ist unendlich, spiegelnd. Tyge ist jetzt betrunken, will gern noch betrunkener sein. Er streckt die Hand aus und fängt ihre Finger ein. Der dunkle Amethyst am Ringfinger. Er küsst ihre Fingergelenke, lässt die Zungenspitze über die kalte, geschliffene Fläche des Steins gleiten.

Die Furche auf ihrer Stirn will nicht verschwinden, nicht einmal, als sie beide schwankend aufstehen und, gestützt aufeinander, den Korridor zu seiner Kammer hinuntergehen.

*

Kirsten erwacht von einem murmelnden Laut, zwei Mägde unterhalten sich leise auf dem Gang vor ihrem Zimmer. Sie und Tyge haben heute Nacht das Bett geteilt, doch ist er nicht mehr bei ihr. Sie zieht die Decke um sich und setzt sich auf, bemüht darum, die Wärme festzuhalten. Ihr schwerer Bettvorhang schaukelt leise und die kahlen Baumkronen vor dem Fenster lassen helle und dunkle Flecken über den Stoff tanzen.

Als sie sich, eine weiße Atemwolke vor dem Mund, rasch ankleidet, spürt sie noch immer Wohlbehagen im Leib, ein Vibrieren, eine stille, lustvolle Bewegung.

Kirsten greift nach der Klinke des Salons und will sie gerade hinunterdrücken, als sie hinter der Tür das rasche Sprechen einer Frau vernimmt. Die Frau redet mit neckisch barschem Tonfall und zugleich so offenherzig, dass Kirsten begreift: Sophie, Tyges jüngste Schwester, ist gekommen.

Als sie die Tür öffnet und die beiden sich zu ihr umdrehen, muss sie sich zurückhalten, um keinen Knicks zu machen. Sophie betrachtet die Hereinkommende mit abwesendem Lächeln, und Tyge, der die Hand seiner kleinen Schwester hält, murmelt Kirsten etwas zu, bevor er sich erneut Sophie widmet. Die junge Frau steht in dem scharfen Winterlicht, das ihre dunkelrote Haube grau erscheinen lässt. Sophie bringt ihren Gedankengang zu Ende und Tyge greift sich lachend an die Stirn. Sie sieht mich nicht, denkt Kirsten. Dennoch kann man nicht anders, als sie zu mögen.

»Wollen wir einen Blick auf die Tabellen werfen?«, schlägt Tyge in heiterem Ton vor, doch ist der Eifer in seiner Stimme nicht zu überhören.

Kirsten betrachtet die ausholende Geste als Einladung und will den beiden schon folgen, doch als Tyge und Sophie ihr den Rücken zuwenden, hält sie inne. Sie weiß ja, Tyge meint, die Wissenschaft, an der seine gelehrte kleine Schwester stets teilhaben darf, sei nichts für eine Pfarrerstochter.

Bevor die beiden den Raum verlassen, dreht Sophie sich zu Kirsten um und lächelt. Die Silberkette um ihren Hals spiegelt sich auf der Haut ihres schmalen Gesichts und die steife Haube hat an den Wangen rote Abdrücke hinterlassen. Tyges Schritte sind bereits vom Ende des Korridors zu hören. Es ist, als würde er jedes Mal, wenn Sophie zu Besuch ist, Kirsten vergessen oder sich ihres Ranges nicht mehr sicher sein. Nicht sie ist es, denkt Kirsten, sondern Tyge ist es, der mich kränkt, wenn Sophie bei uns weilt.

Uranienburg, Januar 1584

Aufzeichnungen über das Wetter: »Es gibt viele verschiedene Arten von Nebel und Diesigkeit. Nichts davon läuft jedoch unter der Bezeichnung Dünste. Wir haben: Graunebel, Steinnebel, Knochennebel; Dampfnebel, Nebelschleier; Eisnebel, Schneenebel, Frühlingsnebel. Dünste hingegen sind hauptsächlich durch ihren Gestank zu erkennen. Aufgrund ihrer Dichte stellen sie ein Hindernis für die Bewegungen der Planeten dar. Der Ursprung der Dünste ist die Erde.«

Er legt Papier und Feder beiseite, stützt sein Kinn in die Hand. Der Bart kräuselt sich zwischen den Fingern. Tyge betrachtet den Sund und den kleinen Hafen. Er registriert, dass von hier oben, aus seiner Kammer, alles klein und harmlos wirkt. Wie auf Gemälden der Hintergrund von Porträts. Das unruhige und dennoch reglose Schweigen der Tannen im Nebel. Glänzendes Laub und glatte Steine zwischen den Wurzeln. Die grauen Baumstämme und die zugeschneiten Ackerfurchen.

Er betrachtet die Gebäude. Die Papierwerkstatt, die Buchdruckerei, die Windmühle und den Bootshafen. All das, denkt Tyge, habe ich hier auf Hven erschaffen – und dann lassen diese Elendsgestalten, diese Bauern sich einfallen, krank zu werden; sie ziehen sich Frakturen an Armen und Beinen zu, verkümmern und – er schließt die Augen – zergehen wie Fett in der Pfanne. Halten mich auf, halten Sternenburg auf.

Er blickt wieder aus dem winzigen Fenster. Im Wasser des Hafens sammelt sich das bei Tauwetter auftauchende Treibgut. Nimmt eine dunklere Farbe an, wird zur dichten Masse, schiebt sich zusammen und übereinander, rollt auf der Oberfläche umher, sinkt jedoch nicht zu Boden.

Als Kirsten seine Kammer betritt, begreift er, dass es dunkel geworden ist. Ihre Laterne sorgt für jähe, gewaltige Schatten an Decke und Wänden. Sie sagt, das Abendessen sei angerichtet. Tyge erhebt sich und folgt ihr den Korridor hinunter in den Speisesaal. Er betrachtet ihre Füße. Sie bewegen sich federnd unter dem Rock, der sich zusammenschiebt und verdichtet, gleich dem schwarzen Treibgut im Wasser. Dann entfaltet der Stoff sich wieder und gleitet über die Steinplatten. Die Laterne wirft einen Kreis, der genau für zwei Schritte Licht spendet.

Als sie beim Essen sitzen, sagt Kirsten, dass sie in Kopenhagen wieder scheele Blicke und üble Nachrede ernten wird. Tyge, der weiß, was jetzt kommt, schaut weiter auf seinen Teller und erwidert: »Dann fahre nicht hin.«

Und so beginnt der alte Kampf aufs Neue. Kirsten sagt, wenn sie nur getraut wären, er und sie … Es sei doch nun über zwanzig Jahre her, dass sie in seinen Wagen gestiegen und mit ihm gefahren sei. Er antwortet, dass er sie niemals zwingen wolle, für immer bei ihm zu bleiben. Und jedes Mal, wenn dieses Thema zwischen ihnen aufkommt, muss Tyge sie verletzen und erklären, dass er im Innersten allein mit der Wissenschaft vermählt sei. Er weiß, er wird es niemals wagen, ihr den wahren Grund dafür zu nennen, weshalb er sie nicht vor dem Altar zur Frau genommen hat. Er hatte es seiner Familie im Austausch für jenes Geld gelobt, das seine Forschung erforderte.

Kirsten schweigt jetzt. Es ist ihr unmöglich, ihn daran zu erinnern, dass er versprochen hatte, sie zu ehelichen. Auch wenn sie es nicht einmal damals, ganz zu Beginn, hatte glauben können. Irgendwann hatte sie begriffen, dass es in ganz Schonen kein einziges Schloss gab, das nicht seiner Familie oder einem verwandten Geschlecht gehörte. Dass jedes Stück Wald oder Acker, auf dem sie als Kind herumgelaufen war, in Brahe'schem Besitz war. Und als ihr das Ausmaß von Tyges Macht aufgegangen war, denkt sie bitter, hatte sie selbst schon dem Brahe gehört, war sein Acker, sein Wald.

Sie essen stumm weiter. Die Uhr schlägt. Tyges Augen glänzen vor Müdigkeit und Kummer. Ein Gefühl – schwarz und starr – hat ihn erfasst. Er sieht plötzlich Kirstens Leib vor sich, den gerundeten Bauch unter den Falten des Rocks, und muss an seinen Sohn Klaus denken, das zweite Kind, das ihnen gestorben war. Er fragt sich, warum er jetzt an die toten Kinder denkt. Dann fällt ihm ein, dass man heute den 18. Januar zählt. Jenes Datum, an dem Klaus gestorben war – nur ganze sechs Tage alt.

Es war auf dem Gut in Väsby geschehen. Der Junge war zu früh zur Welt gekommen. Er hatte die Brust nicht genommen, wie er sollte, und sechs Tage lang hatte Kirsten, starr vor Schreck, bei der Amme gestanden, die versucht hatte, den Jungen anzulegen. Doch Klaus hatte nur das Gesicht weggedreht. Am Ende hatte Kirsten selbst versucht, ihn zu stillen, doch der Junge war zu matt gewesen. Sie war dem Pfarrer und Tyge nicht zur Grabkapelle gefolgt, um die Bestattung vorzunehmen. Sie blieb in ihrer Kammer sitzen, und die Milch, die aus ihren Brüsten tropfte, nässte ihre Kleider, bildete große graue Flecken auf der Seide. Noch lange nachdem Tyge zurückgekommen und der Pfarrer abgefahren war, hatte sie am Fenster gesessen und den Blick nicht von der Kapelle lösen können. Es wurde dunkel und Schatten legten sich über die Felder, Schnee bedeckte die Erde mit einer dünnen, eisigen Kruste. Tyge hatte Kirsten in Frieden gelassen. Doch als allzu viele Stunden vergangen waren, ohne dass sie sich gezeigt hatte, war er unruhig geworden. Schließlich war er in ihr Zimmer gegangen und hatte sie beim Fenster am Boden vorgefunden. Zunächst hatte Tyge geglaubt, sie habe Hand an sich gelegt und sei tot. Doch als er sie auf die Arme genommen hatte, erbrach sie sich über ihr Mieder. Sie hatte vom Wermut gegessen, um sich in Rausch zu versetzen.

Er hatte sie in ihr Bett gelegt und war zur Kapelle gegangen, wo er die Ahnentafel seines Geschlechts betrachtet und auf einem Stück Papier das Epitaph für Klaus Brahe verfasst hatte, das in Messingblech geprägt und an die Kirchenwand gehängt werden sollte.

Ich sprach, erinnert sich Tyge, den Segen über uns vier: über mich, Kirsten, Kirstine und Klaus.

Alle ihre Kinder tragen nunmehr den Brahe-Namen. Das bedeutet, dass Kirsten von niedererem Rang ist als ihre eigenen Kinder.

Er löst sich von seinen Gedanken, als er glaubt, ein leises Schluchzen zu vernehmen.

»Kirsten«, flüstert er und legt seine Hand auf die ihre.

Sie sieht ihn mit glasigem Blick an: »Du musst jetzt zuhören«, sagt sie. »Die Lage hat sich verändert. In Kopenhagen beschimpfen sie dich als Hexenmeister. Man sagt, du sitzt mit deiner Konkubine auf Uranienburg und verspeist Bauernkinder.«

Er versucht, über ihre Worte zu lächeln, und macht eine abwehrende Handbewegung: »Man kann neidischen Zeitgenossen nie entgehen, Kirsten.«

Und dann zählt Tyge die Privilegien und Gunstbezeugungen auf, die er von Fredrik II. erhalten hat und die ihr schließlich bestens bekannt sind. Lang und breit berichtet er, dass ihm der König ohne Zögern zweitausend Taler aus dem Sundzoll zugesprochen habe, dazu noch das norwegische Lehen Nordfjord und das Kanonikat am Dom von Roskilde – auch Präbende der Heiligen Drei Könige genannt –, was, wie Tyge mit hochgezogenen Brauen sagt, normalerweise nur dem Kanzler zuerkannt werde. Die jährlichen Einkünfte hieraus ergäben ganze tausend Taler. Kirsten öffnet den Mund, um etwas anzumerken, doch Tyge kommt ihr zuvor. Er räumt ein, dass seine einzige Pflicht darin bestehe, die Kapelle instand zu halten, in der die Könige des Hauses Oldenburg zur Ruhe gebettet sind.

»Und das werde ich tun, meine Liebe. Ganz gewiss. Aber es darf der Wissenschaft keine Zeit rauben, das muss der König verstehen. Schließlich hat er mir all diese Dinge gegeben, damit ich Forschungen betreiben kann. Warum also sollte er meine Arbeitsruhe stören wollen?«

Doch Kirsten macht nur eine verzweifelte Miene und trinkt den letzten Schluck aus ihrem Becher. Er sieht sie nachschenken, doch fügt sie diesmal kein Wasser hinzu. Die fröhlichen Schlittenfahrer auf der Wand hinter ihr verschwinden in dem gewaltigen Schatten, den ihr Kopf beim Trinken wirft.

Später, als er sie durch die Gänge geleitet, stößt sie plötzlich seine Hände weg und zischt: »Du Teufel!«

Sie rennt ein paar Meter, ehe sie ausrutscht und zu Boden fällt. Sie schluchzt, erbricht sich und Tränen rinnen ihr über die Wangen. Langsam geht er auf sie zu, um ihr aufzuhelfen. Und kaum dass er sie in die Kammer befördert hat, ist sie auch schon eingeschlafen.

*

Tyge hält sich eine Zeit lang in Kirstens Kammer auf. Er sitzt an ihrem Bett und schaut sie an. Beugt sich zu ihrem Gesicht hinab und lässt ihren schweren Atem über seine Stirn streichen. Er schließt die Augen. Da steht sein Vater Otto plötzlich im Geist vor ihm. Muss ich mich denn immer wieder daran erinnern, denkt er verbittert? Der Vater hält das Mädchen am Nacken gepackt. Wie alt ist sie? Zwölf, dreizehn? Die eine Gesichtshälfte ist fest gegen den Holzbock gedrückt. Sie schreit nicht. Wartet nur mit angehaltenem Atem auf den Schmerz. Der Vater presst ihr Gesicht auf das Holz, mit der anderen Hand zieht er ihre Röcke hoch. Der Stoff legt sich, dick und faltig wie ein Gürteltier, über ihren schmalen Rücken. Das Gesäß blitzt weiß. Der Vater zeigt Tyge ihre Nacktheit, die in all dem Schrecken auf grausige Weise hervortritt. Er zieht ihre Gesäßbacken auseinander und deutet mit dem Finger. Was sie dort hat, ist von der Art der Tiere. Wie bei der Stute, der Hündin. Das Gesäß zittert. Die Schenkel zittern. Der Vater schlägt auf die Schenkel, auf die Gesäßbacken.

Und Tyge spürt, wie das, was er gesehen hat, das Unbegreifliche, jeden Willen, jede Beherrschung aus ihm herauszieht, wie wenn der Schlächter ein Bündel dampfender Eingeweide aus einem Tierkörper zieht und das Ganze auf den vor ihm stehenden Tisch wirft. Triefende Nacktheit ohne Erbarmen, ohne all das, was man ihm beigebracht hatte. Als er das Bauernmädchen dicht vor sich hat, erreicht ihn die Wärme ihres Fleisches, und er reagiert darauf, indem er sie aufs Kreuz schlägt, und plötzlich läuft gelber Urin in dampfenden, beißenden Strömen an ihren Beinen hinunter.

Tyge wimmert, verbirgt die Hände in den Achselhöhlen, unterlässt es jedoch, sich Schutz suchend an Kirsten zu schmiegen. Er weiß, in den Augen des Vaters war das, was sie getan haben, eine Pflicht; sie waren es ihrer Herkunft schuldig. In den Augen des Vaters war alles in Ordnung, ihr Tun sollte die Gemeinschaft zwischen ihnen beiden stärken. Es sollte Tyge für immer das Gefühl geben, von anderer Art zu sein, etwas Besonderes, den Dienstleuten und Bauern fremd. Der Vater hatte es gut gemeint, als er dem Sohn zeigte, welches Recht jene von hoher Geburt gegenüber dem Volk hatten. Er tat es, indem er ihm zeigte: Dergleichen darf ein Brahe tun. Wie, fragt sich Tyge, kann Gutes mit Bösem identisch sein? Dazu zählt auch, dass ich Kirsten nicht eheliche. Das kann sie nicht verstehen. Sie wird mit verdorbenen Früchten beworfen, wenn sie auf dem Markt einkauft, und sogleich verlangt sie die kirchliche Trauung.

Tyge erhebt sich von Kirstens Bett und geht in seine eigene Kammer. Es riecht nach Brennholz und Rauch. Die Nacht der drei Weisen aus dem Morgenland ist bald zu Ende. Er lässt sich schwer auf die Bettkante fallen. Arme Kirsten, denkt er. Und die arme junge Stallmagd. Die dumme, hässliche Kuh. Der Vater und ich, genauso dumm und hässlich. Alle drei wurden wir voll gepisst. Selbst pissen oder angepisst werden? In dieser Sache hat die Stallmagd gewonnen.

Februar

Die Mondtabellen liegen vor ihm. Das Pergament beginnt sich zu wellen, zunächst von der Feuchtigkeit, dann durch die Hitze des Feuers. Aber die Ziffern wollen nicht stimmen. Er weiß, wenn er nur die Bahn des Mondes verstände, könnte er auch jede Verfinsterung, jede Seltsamkeit voraussagen. Doch er findet den Fehler nicht. Er hat sich die Bahn elliptisch vorgestellt, dann gemeint, sie verlaufe gekrümmt, sei nur eine halbe oder eine Umkehrbahn – doch nichts davon stimmte.

Diese Flüchtigkeit, denkt Tyge, ein missglückter Tag. Ich möchte ihn wie eine weiße, rasch verdunstende Flüssigkeit in ein längliches Bleikästchen schütten, eine Gussform der altertümlichen Art, und ihn in die Kälte stellen, bis er erstarrt, ihn auf diese Weise zwingen, Ecken, Kanten und eine Begrenzung anzunehmen.

Die Studenten spüren seine schlechte Laune, sie schauen durch die Rohre und pinseln die Ergebnisse beflissen auf die länglichen Papierbögen.

Tyge stellt sich an die schmale Fensteröffnung und spürt Schmerz aus der Lendengegend aufsteigen. Ein schwaches Brennen. Da ist etwas, denkt er, im Abgrund zwischen Tag und Nacht, es ist, als sei da ein Schatten vor mir, der Angst erzeugt, weil er von anderen Zeiten spricht. Von anderen Entdeckern, anderen Lösungen. Davon, dass mir jemand zuvorkommen wird.

Unruhe überfällt ihn wie ein Juckreiz. Das wiederholte Misslingen bei der Deutung des Mondschattens peinigt ihn. Denn nichts in seiner Forschung kann vorankommen, wenn er für dieses Problem keine Lösung findet. Jedes Mal, wenn er geglaubt hatte, er habe die Bahn vorausgesagt, war sie anders verlaufen. Wenn ich eine Wette eingehe, denkt er, wünsche ich, dass die Münze richtig fällt. Was kann ich von Gott sonst erbitten, als dass vollkommene Ordnung herrscht.

Draußen schleppen sich ein paar Bauern mit einem Steinblock ab. Der Boden weist lange, lehmige Spuren auf, dort, wo die Quader vom Pferdekarren gewuchtet und zum Bauplatz gezerrt worden sind. Stein um Stein musste vorsichtig vom Hafen heraufgeschafft werden. Herrlicher Marmor aus Italien, aus den großen Steinbrüchen Umbriens. Jeder Block ist in Tuch gewickelt, um Kratzer zu vermeiden. Die Oberflächen sind so glatt geschliffen, dass Tyge dort, wo die Hüllen aufklaffen, sogar von hier aus erkennen kann, wie sich die roten Spuren, die das Seil auf dem Rücken des Bauern hinterlässt, auf der Steinfläche widerspiegeln. Selbst die Wolken über dem Mann sieht er in dem Kopf stehenden Bild vorüberziehen.

Wenn Sternenburg nur fertig wäre, denkt er. Wenn es nur erst fertig wäre.

Er wendet den Blick von den sich abmühenden Bauern ab, lässt die Studenten in der Bibliothek allein und geht in seine Kammer hinauf. Dort stellt er sich ans Fenster und schaut aufs Meer. Ein flacher Kahn gleitet in den Hafen. Ein Mann, eine Frau und zwei Kinder steigen mit unsicheren Schritten an Land. Die Frau hält die Röcke hoch. Eins der Kinder wagt es nicht, vom Boot auf die Anlegebrücke zu springen.

Wir in unserer Zeit, denkt Tyge, bevölkern die Vergangenheit, stehen in ihrem Schweißgeruch, ihrem Gefühl der Leere und in ihrer Rohheit. Ich weiß, dass es so ist. Wir sehen einander an, voller Scham und Unbehagen. Wir fahren uns mit der Hand über den Mund und fragen uns, was wir tun sollen, um von hier fortzukommen. Ich weiß, dass es so ist. Ich weiß, dass meine Zeit schon alt ist.

Plötzlich entdeckt er Kirsten, die am Wasser entlanggeht. In jeder Hand trägt sie einen Korb. Ist unterwegs zum Kosttisch oder zur Siechenstube.

Tyge muss an den mächtigen Branting denken, den Professor

der Astronomie an der Universität zu Kopenhagen. Nachdem er im Alter von sechzehn Jahren als Brantings Schüler aufgehört hatte, waren sie sich nur dreimal begegnet, in Frankfurt, auf dem großen Buchmarkt. Jedes Mal hatte ihn sein Lehrer mit Misstrauen behandelt, vielleicht war es sogar Herablassung. In einem Fall hatten sie nur Grüße getauscht und ihren Weg dann in verschiedene Richtungen fortgesetzt. Dennoch waren sie fast Freunde gewesen, als Tyge bei ihm studiert hatte. Er weiß, dass Branting das absolute Vertrauen des Königs genießt. Und obendrein ist er auch ein wirklich kundiger Wissenschaftler. Um Kirstens willen, denkt Tyge, werde ich an ihn schreiben. Es ist nicht undenkbar, dass ich den mächtigen Branting auf meine Seite bringe.

✳

Ihr Scheitel leuchtet weiß in dem schütteren Haar. Er kann die blasse Haut des Schädels deutlich erkennen. Die Bäuerin liegt vor seinen Füßen auf den Knien. Sie hebt das Gesicht und schaut Tyge an. Er fühlt ihren wässrigen Blick über seine metallene Nasenspitze, über seine Lippen und Barthaare gleiten. Sein Körper gewinnt vor dem Blick der Frau unangenehm klare Konturen. Die Beinkleider sitzen hauteng. Die Muskeln der Oberschenkel vibrieren und zucken noch immer leicht nach dem Ausritt am Morgen. Die Arme hängen schlaff herab. Er trägt ein schwarzgrünes Wams mit bleigrauen Stickereien und weiß, dass er äußerst elegant wirkt.

Die Frau legt den Sack mit Rüben vor seine Zehenspitzen und bittet: »Guter Herr, geben Sie mir meinen Mann zurück.«

Von ihrem Leib steigt ein widerwärtiger Geruch nach Urin und Kummer auf. Sie trägt ein Kind auf den Rücken gebunden und ein anderes vor der Brust. Sachte wiegt sie die Kleinen, schaukelt ihren Oberkörper hin und her, während sie Tyge leise anfleht. Ihre Haut ist sehr hell, übersät mit Sommersprossen. Wie Milch voller verschütteter, umherschwimmender Korkstückchen, denkt er.

Er räuspert sich und erwidert: »Euer Gatte hat sich der Obrigkeit widersetzt. Es war eindeutig, wie viele Tagewerke er abzuleisten hatte, doch er hat sich geweigert. Im Dunkelkeller zu sitzen ist besser, als dem Henker ausgeliefert zu werden. Vergesst das nicht. Ich hätte härtere Strafen verhängen können. Ich bin im Recht und er im Unrecht.«

Mit dem Fuß schiebt er den Sack zurück. Was für ein Einfall, denkt er, seinen Gatten mit Rüben auslösen zu wollen. Er weiß sehr wohl, dass die Rüben für diese Menschen die Winternahrung darstellen, doch zu glauben, dass er, ein Brahe, Rüben knabbern wolle …

Die Frau verbirgt ihr Gesicht in den Händen, doch das Kind, das auf ihrem Rücken hängt, schaut ihn weiter an. Plötzlich verspürt Tyge ein schmerzhaftes Ziehen um den Mund. In der Harnblase entsteht ein Brennen, und er bemerkt mit Sorge, dass er dem Weinen nahe ist – er muss weg von hier.

*

Sorgfältig kämmt er sich den Kinnbart und legt die Reisekluft an. Zu den Beinkleidern die schwarzgraue Samtjacke. Über seine Brust streift er das Medaillon und das Schwert hängt schwer in der Scheide. Er hat sich entschlossen, nach Kullen zu reisen und seinen Verpflichtungen nachzukommen. Doch nicht sofort. Es ist der letzte Tag im Februar, und nach Uranienburg sind Leute gekommen, um ihre Söhne und Töchter in Dienst zu geben. Gegen ein geringes Entgelt sowie Kost und Logis arbeiten sie ein ganzes Jahr lang.

Tyge begibt sich ins Bittzimmer hinunter, um die Eingetroffenen in Empfang zu nehmen und ihre Angebote abzuwägen.

*

In seinem gelben achteckigen Bittzimmer sitzt er vollkommen reglos da, darum bemüht, ruhig und beherrscht zu erscheinen. Erneut hat er das Gefühl, dass etwas entzweigehen werde: Eine Hülle ist bis zum Äußersten gespannt. Das Licht dringt durch blaue, rosafarbene, grüne und violette Glasscheiben. Das Licht selbst, denkt er, ist nur eine dünne Schicht auf meinem Gesicht, auf dem staubigen Rot des Samtes, den grauen Fugen der Bodensteine. Sein Blick streift rasch über seinen eigenen Leib, über die Hände auf den niedrigen, schmalen Armlehnen des Stuhls, über seine schweren Schenkel bis zu dem rot bestickten Polster. Der linke Fuß, denkt er, hat hinter dem rechten zu stehen, Bruder. Bei allen Dingen gibt es einen, der zu bestimmen hat, der mehr ist als man selbst. Seit einer halben Stunde bemerkt er ein leichtes Zittern am Zeigefinger der eigenen Hand. Es ist Zeit für ihn, sich zur Schaluppe zu begeben. Er weiß, dass man im Hafen schon lange auf ihn wartet. Kirsten hat bereits die Tür geöffnet und schon mehrmals einen verwunderten Blick hereingeworfen. Jetzt erscheint sie erneut auf der Türschwelle. Nun, denkt Tyge, dann werde ich mich wohl erheben. Doch noch ehe der Gedanke ein einziges seiner Glieder erreicht und es in Bewegung setzen kann, hindert ihn das Auftauchen eines weiteren Jungen. Tyge winkt ihn zu sich heran. Die Mutter folgt dem Knaben. Es ist der Fünfte heute. Der Junge ist scheu, blickt ihm nicht ins Gesicht, wagt es nicht, die Prothese an seiner Nase anzustarren. Das ist gut, denkt Tyge. Außerdem endlich einer, der nicht schmutzig grau und fleckig wirkt. Tyge bemerkt, dass die Finger des Jungen zittern, als die Mutter erklärt, er sei von Geburt an stumm. Und der Vater? Aha, er sitzt im Dunkelkeller. Einer jener Bauern, die Tyge hinter Schloss und Riegel sperrte, nachdem man Kirsten letzten Herbst mit faulem Obst beworfen hatte. Er betrachtet die Mutter. Sie hat die Hände auf die schmalen Schultern des Sohnes gelegt, schiebt ihn noch ein paar Schritte vor und wirkt zugleich, als wolle sie sich hinter dem Kind verstecken. Nachdem sie den Lederbeutel mit dem Geld in Empfang genommen hat, dreht sie den Jungen zu sich um, schlägt ihm rasch ins Gesicht und stürzt aus dem Raum. Der Junge bleibt mit niedergeschlagenem Blick stehen, an seinen Wimpern hängen Tränen. Langsam wird die Wange von der Maulschelle rot.

Kirsten wartet mit gefalteten Händen im Salon. Sie fühlt, wie ihr Herz gegen das fest geschnürte Mieder pocht. Bald, bald wird Tyge die Angelegenheit erledigt haben, geht es ihr wieder und wieder durch den Kopf. Bald hat er seine Verpflichtungen erfüllt und wir müssen uns nicht mehr ängstigen. Niemand wird dann von Versäumnissen und Verunglimpfungen reden. Keiner kann uns mehr zu Fall bringen. Sie betrachtet die bauchige, polierte Mahagonikommode, den geschnitzten Türgriff, das Schachspiel inmitten der im Sonnenlicht schwebenden Staubpartikel. Sie sieht ihre Gewänder oben im Ankleidezimmer vor sich, den Spiegel und die Schönheitsmittel auf dem runden Kupfertisch. Diesen Aufschub gewährt zu bekommen, denkt sie, diesen Traum von Reichtum. Sie schließt die Augen: Lasst mich noch ein wenig weiterspielen.

Kirsten kann die Schaluppe vom Fenster des Salons aus sehen. Ihr Tyge geht bereits auf dem Pfad, der zum Wasser hinabführt. Die Sonnenstrahlen dringen tief in den dicken schwarzgrauen Samt seines Wamses. Lassen sein Haar rot aufleuchten und gleiten über den Schwertknauf dahin.

*

Die Obliegenheiten, geht es ihm immer wieder durch den Kopf. Der Leuchtturm auf Kullen und die Grabkapelle in Roskilde. Er geht den Pfad zu dem wartenden Schiff hinunter. Die frische Luft, das reglose Sonnenlicht um die Schatten. Die weißen Flecken, die auf den flachen Wellen schaukeln. Plötzlich bleibt Tyge mitten auf dem Weg stehen. Ein Gedanke hat einen anderen erreicht. Sein Erbeben, das Zittern des Zeigefingers, der sich dahinwindende Pfad. All das will ihm etwas sagen. Die Unregelmäßigkeit stört die Symmetrie. Dennoch ist diese Unregelmäßigkeit vorhanden. Es gibt sie überall. Er schaut zum Himmel hoch. Hinter dem Blau gleitet die Mondscheibe dahin, eine Seite halb aufgelöst. Hängt dort, schief – warum ist sie schief? Wie kommt es, dass die Zahlen nicht stimmen? Aber wenn nun der Fehler nicht an den Zahlen liegt? Was wäre, wenn die Bahn des Mondes nicht stets dieselbe ist? Sondern leicht variiert. Leicht variiert?

Die Männer in der Schaluppe halten mit ihrem Tun inne. Sie sehen zu ihm hoch. Vom Schloss her spürt er Kirstens unruhigen Blick im Nacken. Aber er weiß, dass diese Idee, es könne sich um eine Variation handeln, vielleicht die richtige Antwort ist. Eine kleine Variation. Er will die Zahlen jetzt sofort durchgehen, um zu sehen, ob der Gedanke von Bedeutung ist. Er muss zu seinen Tabellen zurückkehren. Ich habe das Gefühl, denkt er jubelnd, dass ich Recht haben könnte. Ich werde mich sogleich ans Rechnen machen!

Er kehrt um und geht den Pfad zur Burg wieder hinauf. Kirstens Gestalt zeichnet sich wie ein dunkler Fleck Feuchtigkeit hinter dem Fenster im großen Salon ab. Sie sieht, dass Tyge auf dem Rückweg ist. Zunächst bewegt sie sich unruhig hin und her, dann verschwindet sie in die Dunkelheit. Tyge weiß, dass sie den Grund für sein Umkehren nicht erfahren will. Vielleicht wird sie tagelang verschwunden bleiben. Kirsten hat ein Bett in einem Zimmer der Siechenstube. Viele Male hat er sie dort gefunden, berauscht von Kräutern, mit Schaum vor dem Mund, sich weinend hin und her wiegend.

Nun, denkt er, sie weiß, dass sie ihre Pflichten hat, und Gottes Tyge, der hat die seinen.

Aber als er seine Studierstube betreten will, kommt sie ihm plötzlich entgegen. Lässt das kostbare gelbe Seidenkleid über den Sand des Korridors schleifen, kümmert sich nicht darum, den Saum hochzunehmen. Der Stoff bleibt hängen und zerreißt an den Unebenheiten der Bretter, die den Steinfußboden schützen. Kirsten nähert sich ihm steif, voller Würde. Sie trägt etwas in der Hand. Er will sie soeben zurechtweisen, weil sie so unachtsam mit ihrem Kleid ist, als sie in leisem, aber unbeschwertem Ton sagt: »Du kehrst zurück.«

Er will ihr von seiner Idee berichten – der kleinen Variation – und Kirsten, die bemerkt, wie frohgemut er ist, will ihm zulächeln, doch stattdessen füllen sich ihre Augen mit Tränen. Sie fühlt sich so unendlich einsam mit ihrer Vorahnung, dass etwas Schlimmes geschehen wird. Sie meint, das Wasser schon gegen die Wände der Burg klatschen zu hören, und ihre Züge werden ernst und schwer.

»Du lässt uns ertrinken«, sagt sie, öffnet die Hand, zeigt ihm die schwarze Kugel und stopft sie sich in den Mund, bevor er sie ihr wegnehmen kann.

Tyge sieht sie zurückweichen, auf ihr Seidenkleid treten; noch liegt das Haar in dichten, von Spangen gehaltenen Locken. Er weiß, dass sie bald gekrümmt im Schmutz liegen wird, und er verspürt tiefes Mitleid mit ihr.

»Kirsten …«

*

Er rechnet wieder und wieder. Sucht die alten Tabellen hervor, zehn Jahre alte Ziffern und Positionsbestimmungen. Fertigt eine Zeichnung an und folgt dem Lauf des Mondes auf dem Radius, dem Bogen, und ein Schauer überläuft ihn, als er begreift, dass er Recht hatte: Denkt man sich eine Verschiebung, eine Unregelmäßigkeit der Bahn, stimmen die Berechnungen. Die Studenten sollen die Zahlen überprüfen, sie am nächsten Tag durchgehen. Eine kleine Variation. Tyge stellt sich ans Fenster und betrachtet den Mond. Er wirkt transparent. Der Gedanke, überlegt er, muss sich neben den gewohnten Pfaden bewegen, muss sich ins Nichts hinauswagen. Man muss sein eigenes Gesicht vergessen, um wirklich etwas wahrzunehmen. Ich muss, denkt er, jedes Mal wenn ich mich der Forschung widme, mein Antlitz vergessen. Muss Mal um Mal auch Kirsten vergessen.

*

In den späten Nachtstunden steigt er auf den Turm und betrachtet die Sterne, bis ihm die Augen schmerzen. Vor seinem Blick verändert sich der Weltraum. Er wird flach, grau und dann macht er einen Satz, in einen weiten, tiefen Tunnel hinein. Schicht für Schicht wird vor Tyges Auge deutlich. Strahlen von Licht oder Metalle von unerhörter Reinheit. Hier spielen die Fische, da läuft der Stier, dort windet sich die Jungfrau in Einsamkeit.

Tyge steht reglos und verliert sich in den Bildern. Dinge wiederzuerkennen, denkt er. Der Wilde erkennt nichts wieder – für ihn ist alles erschreckend, neu und unbekannt. Doch ich, Tyge, erkenne wieder, sage voraus und verstehe die Bahnen. Wie dort oben, so hier unten. Der Herr bestimmt. Und ich bin hier der

Herr. Ich bin der Herr mitten auf Hven, mitten im Meer, in der Mitte der Erde, mitten im Universum. Der Herr im Himmel entzieht der Schöpfung nicht seine Anwesenheit – warum sollte ich mich dann wegen unbedeutender Kleinigkeiten von Hven entfernen?

Langsam wird es dämmrig. Die Konturen geben den Dingen eine Form, sie werden wieder klein, spitz, abgewetzt. Er steigt die Turmtreppe hinunter und geht auf den Wall hinaus, um zu sehen, wie der Tag anbricht. Möwen kreisen im grauen Regen. Eis treibt über Strudel und Tang. Sternenburg wird bald vollendet sein. Die Klappen, die Instrumente werden sich an ihren Plätzen befinden. Und die kleine, mechanische Messinggestalt, die er konstruiert hat, wird über dem Wall tanzen. Noch liegt sein Merkur in einer Werkstatt in Europas Landen. Doch bald wird die golden schimmernde Figur die unterirdische Burg krönen. Sie wird Erde und Universum reflektieren, unendliche Sonnenblitze versenden und vielleicht Gottes Blick einfangen.

Tyge denkt: In Sonne und Sternen existiert eine Art ewig brennenden Feuers. Dieses Feuer findet seine Abbildung in dem edelsten Metall: dem Gold.

*

Kirsten geht durch das triefende Gras. Es hat den ganzen Vormittag geregnet, und bei jedem Schritt, den sie macht, bleiben ihre Füße am Boden haften. Sie war eigentlich unterwegs zur Siechenstube gewesen, hatte es sich dann aber anders überlegt. Langsam nähert sie sich der niedrigen, verriegelten Tür des Dunkelkellers. Die scheint halb im Erdboden versunken zu sein. Kirsten legt ihr Ohr an das dicke Holz, kann aus dem Inneren aber keinen Laut vernehmen. Sie erinnert sich: Nachdem man sie mit Obst beworfen hatte, zitierte Tyge ein paar Bauern herbei und bestimmte willkürlich: Der, der und der sollten eingesperrt werden, wegen nicht erbrachter Tagewerke.

Betroffen über die Ungerechtigkeit der Bestrafung hatte sich Kirsten in ihre Kammer zurückgezogen, doch hatte sie nicht umhingekonnt, ans Fenster zu schleichen. Verborgen hinter der Gardine, hatte sie zugesehen, wie die Männer hintereinander ins Gefängnisloch hinunterstiegen und von der Erde verschluckt wurden. Ein lustvolles Gefühl der Macht hatte sie damals erfasst. Doch als sie den Blick weiterwandern ließ und die Kinder und Frauen der Männer mit offenem Mund dastehen sah, ohne dass diese den Ernst der Bestrafung schon begriffen hatten, war sie zusammengezuckt und ein paar Schritte ins Zimmer zurückgewichen.

Sie richtet sich auf, streicht die Regentropfen aus der Stirn, und als sie den Dunkelkeller hinter sich lässt, ist ihr, als hätte sie durch die Tür fünf aufwärts gewandte Gesichter in der Finsternis leuchten sehen.

März

Er geht unten am Wasser entlang, am Westufer. Die Wellen kauen Sand und spucken Gischt aus. Salzgelbe Blasen zerplatzen zischend auf dem grauen Landstreifen. Die blassvioletten Kronen der Strandblumen zittern unablässig. Das Sonnenlicht, denkt er, zwingt den Blick nach unten. Das Licht unterwirft, aber die Dunkelheit ist ohne Verpflichtungen. Die Dunkelheit teilt das Licht in Sterne auf, dosiert es, damit es dem Auge des Menschen genehm ist.

Er geht Kilometer um Kilometer nach Süden. Einmal hat er gezählt, dass man mit achttausendeinhundertsechzig langen Schritten ganz Hven umrunden kann. Da die Insel nicht groß ist, geht er folglich nach einer Weile nicht nur nach Süden, sondern auch nach Osten.

Er schaut blinzelnd in den blauen Himmel hoch. Eine Kugel, denkt Tyge, wölbt sich um mich. Außerhalb der Kugel befindet sich Wasser – oder vielleicht Quecksilber. Beim Rollen entsteht ein schwacher, zitternder Klang. Spröde klingende Töne. Es muss schön sein, wenn sich die großen Räder bewegen. Goldräder, Silberräder, Gasräder, Zacken und Spitzen. Nach innen werden die Strahlen zu Speichen und nach außen zu Zähnchen am Räderwerk der Maschinerie. Er lächelt.

Als er den Schlosshof überquert, hört er jemanden rufen: »Edler Herr Tyge!«

Zunächst bemerkt er nur ein graubraunes Bündel, dann erhebt sich das Bündel und entblößt ein rot gefrorenes Gesicht. Sie ist es erneut, das Weib mit den Rüben, die Frau des Bauern.

»Guter Herr, ich bitte Euch, ich will ihn nur sehen.«

Tyge betrachtet die Frau. Sie weint, rot im Gesicht, im Maul verfaulte Zähne. Wieder spürt er ein Zucken um den Mund.

»Willst du des Ortes verwiesen werden?«

»Verzeihung, edler Herr, ich wollte nur …«

Ehe noch Schuldgefühle seine Wangen rot färben können, verleiht er der Stimme einen barschen, harten Ton: »Soll ich dich aus meinem Lehen verjagen?«

Sie erwidert kein Wort, sammelt ihre Lumpen auf und verschwindet im Nebel.

Als sich Tyge zum Schloss umdreht, entdeckt er Kirsten. Er begreift, dass sie die ganze Zeit hinter ihm gestanden hat. Mit zusammengepressten Lippen schaut sie ihn an. Und Tyge kann plötzlich in sie hineinblicken. Sieht durch Kleider, Haut und Häutchen die Schlange in ihrem Inneren leuchten. Still und zusammengerollt liegt sie in ihrem Schoß. Vater sagte, so wie Judas getan, tat es schlimmer noch Eva, denkt er.

Tyge geht an Kirsten vorüber, ohne ein Wort zu sagen. Sie wendet den Blick nicht ab. Und er fühlt ihre Augen zwischen den Schulterblättern, es ist, als seien sie die Spitzen der gespaltenen Schlangenzunge.

*

Er sitzt in seiner Kammer, und der Spätwinter legt sich starr und schwer über Hven. Die frostige Luft und die eisigen Windböen bringen das Fensterglas leise zum Knistern. Wenn er die Augen schließt, gleicht der Laut dem ruhigen Brennen von Holzscheiten im Herd. Es ist dunkel, die Wolken hängen dicht, und wenn er mit halb geschlossenen Augen nach Osten blickt, sieht er nur ein paar schwache Lichter von der Festung Kärnan in Hälsingborg. Das Festland liegt dunkel und kaum sichtbar auf der anderen Seite des Meeres.

Direkt vor seinem Fenster hängt eine Laterne. Er will sehen können, ob sich jemand der niedrigen Tür unter seinem Zimmer nähert. Der Schnee verdichtet sich im Licht, in dem dunklen Ring um den Schein der Laterne treibt er sogleich auseinander.

Ich, denkt Tyge, kann nicht verändert werden. Meine schlechten Stimmungen, das Aufbrausen, die Ungerechtigkeiten. Da ist etwas in mir – das lässt sich nicht beschreiben. Und es ist auf fatale Weise unveränderlich.

Er will zu Kirsten gehen. Doch diesmal wagt er es nicht. Er schämt sich allzu sehr. Warum, fragt er sich, war ich so streng zu der Frau? Ihren Mann habe ich in den Dunkelkeller gesteckt, weil man Kirsten auf dem Markt mit verdorbenen Früchten beworfen hat. Warum habe ich gerade ihn eingesperrt? Er hatte nichts getan. Er stand nur da, als mich die Wut auf die Bauern packte.

Tyge presst die Augen zusammen und verbirgt das Gesicht in den Händen. Die Handteller sind trocken und aufgesprungen.

Tagsüber sitzt er im großen Salon und erledigt die Korrespondenz. An den Landgrafen Wilhelm, der darum bittet, man möge ihm einen Elch auf sein Schloss nach Deutschland senden, und an Vedel, den Freund, der Volkslieder für eine gigantische Enzyklopädie sammelt. Tyge hat auch ein Schreiben von der Astronomischen Gesellschaft in Rom erhalten, die ihm mitteilt, seine Forschungen hätten dort so viel Eindruck gemacht, dass man die Absicht habe, einen Astronomen für dreihundert Taler nach Ägypten zu senden, damit er Tyges Entdeckungen mit denen der Araber vergleiche. Tyge lacht auf und will schon nach Kirsten rufen, doch besinnt er sich anders, ohne genau zu wissen, warum.

*

Um ihn ist es Nacht und er hat den Wall erklommen. Die Vögel sind verstummt, Dunkelheit fließt auf dem Meer. Wellengeplätscher steigt von der Anlegebrücke auf, das Rauschen des Windes nimmt zu und der Mond gleitet hinter einer schwarzen Wolke hervor. Schatten erscheinen plötzlich überall – ergießen sich die Burgwände hinab und über den Vorplatz. Die düsteren Bilder der Bäume gleiten über den Boden bei der Reise des Mondes über die Felder. Tyge steht mitten auf dem Wall. Unter ihm befindet sich der Gang von Uranienburg nach Sternenburg, den er hatte graben lassen, doch nach halber Strecke abbrach. Er weiß noch immer keinen Grund dafür. Es kann eben nicht alles fertig werden. Er meint, den Hohlraum in der Erde pfeifen oder blasen zu hören; es gleicht dem Laut einer Flöte.

Lichtbekränzt, denkt Tyge und betrachtet den Polarstern. Von Licht umwirbelt. Die kurzen Strahlen tanzen vor seinem Auge. Auch ich, sagt er sich, bin ein Stern. Das habe ich nicht selbst gewählt. Man macht allein das sichtbar, was Gott zeigen will. Darüber hinaus gibt es nichts, denn was man nicht weiß, das weiß man nicht.

Er lässt den Blick langsam umherwandern. Der gleitet über den mit Gras bewachsenen Wall oberhalb von Sternenburg. Aufs Neue verspürt er heftige Sehnsucht nach seiner kleinen mechanischen Messingfigur, dem golden schimmernden Merkur, der bald dort tanzen wird. Nichts ist vollendet, alles nur halb, ohne seinen Merkur. Er registriert die schwarzen Umrisse der Mühle, jene der Papierwerkstatt und die der Druckerei. Doch als er im Nordosten das schwach blinkende Licht des Leuchtturms von Kullen wahrnimmt, kehrt er eilig nach Uranienburg zurück.

✷

Kirsten starrt ihr Spiegelbild an und versucht sich zu erinnern, wie alt sie ist. Siebenunddreißig? Oder vierzig? Aus irgendeinem Grund ist sie sich nicht völlig sicher. Sie hebt den Kopf und betrachtet Kinn und Hals. Nicht sonderlich alt, denkt sie. Nur ein wenig. Es ist mehrere Wochen her, dass ihre Monatsblutung hätte einsetzen sollen. Sie weiß nicht, was sie bei dem Gedanken an ein weiteres Kind fühlt. Schmerz? Sie gehen ja doch allesamt verloren, auch jene, die am Leben bleiben. Sie werden unbegreiflich, fremd und, sie denkt an ihre älteste Tochter Magdalena, zuweilen sogar feindselig. Aber eine runde Stirn in ihrem Leib, Hände, die sich unter der Oberfläche bewegen …

Das Spiegelbild sagt ihr nichts. Die Wölbung des Bauches wirkt nicht größer als gewöhnlich. Vermutlich, denkt Kirsten, ist da gar kein Kind. Womöglich bin ich zu alt geworden für die

Blutungen. Sie schließt die Augen und steht völlig still, versucht zu ergründen, ob da etwas ist, irgendeine Veränderung in ihr. In den Ohren hört sie ein leises Rauschen, und der kalte Luftzug am Boden erscheint ihr plötzlich wie Wasser, das um ihre Füße aufsteigt. Im selben Augenblick erinnert sie sich an die Bauersfrau, die vor Tyge auf dem Schlosshof stand, und die Unruhe, die sie ständig in sich trägt, bricht sich Bahn: Seine Obliegenheiten, er kommt den Obliegenheiten nicht nach. Er behandelt die Bauern zu schlecht und kümmert sich nicht um seine Verpflichtungen. Sie schaut hinaus auf den runden Vorbau, der nach Norden weist. Der Backstein liegt im Schatten. Plötzlich wirft ein Fenster einen Sonnenreflex über die Wand, und im selben Moment sieht sie vor sich, wie Bauern Fackeln auf die Dächer schleudern, hört sie Brechstangen in die Dielen der Säle schlagen.

Die schweren Schläge der Schmiedehämmer werden zu raschen Schritten auf dem Korridor. Sie zuckt zusammen, als es an der Tür klopft, dreht sich um und sieht Tyge in Reitkleidern über die Schwelle treten.

»Komm«, sagt er eifrig. »Lass uns zusammen ausreiten.«

Kirsten weicht ein paar Schritte ins Zimmer zurück und weiß nicht, was sie erwidern soll; viele behaupten, man könne durch das Reiten sein Kind verlieren.

»Ich wollte mich jetzt ums Abendessen kümmern«, sagt sie.

Er macht eine abwehrende Handbewegung: »Das sollen die Mägde ausnahmsweise mal allein tun.«

»Aber ich muss auch bei der Siechenstube vorbeischauen.«

Sie sieht, dass Tyge voller Eifer ist.

»Ich verspreche, dass es nicht lange dauern wird. Die Pferde stehen …«

Kirsten wendet sich ab, öffnet ihren Schrank und murmelt beim Suchen: »Muss erst meine Reitkleider finden.«

Tyge steht wartend im Zimmer.

»Wir wollen nur bis zum Kvarnbäcken«, sagt er sanft.

Sie schüttelt den Kopf, ohne seinem Blick zu begegnen. Plötzlich hat sie Lust, über die ganze Situation zu lachen. Ihre Hände bewegen sich nervös über die dünne Spitze eines Kleiderkragens.

»Da ist nur etwas«, sagt Tyge, »was ich dir zeigen will.«

Sie steht reglos, hat ihm den Rücken zugewandt und presst die Lippen aufeinander, um nicht zu lächeln.

»Kirsten«, fragt er, »was ist denn?«

Sie fühlt, dass er versucht, in ihr Gesicht zu sehen.

»Du meinst, dass ich die Bauersfrau falsch behandelt habe«, sagt er ernst.

»Der Mann hat doch Kinder zu versorgen«, gibt sie leise zu bedenken, »er kann nicht im Dunkelkeller sitzen.«

»Wenn du mit mir zum Kvarnbäcken reitest, werde ich dir erklären, wie es zusammenhängt.«

Sie dreht sich um und schaut ihm in die Augen: »Du weißt, es ist nicht richtig, dass …«

»Nicht richtig«, unterbricht er sie und bewegt ungeduldig die Hand. »Ist es etwa richtig, mit faulen Früchten zu werfen? Sollen diese Mistkerle hinter dir herlaufen dürfen und schreien, dass …«

Er verstummt rechtzeitig, setzt sich auf die Kante ihres Bettes und fährt fort: »Man kann nicht alles wild laufen lassen. Würde ich bei den Bauern nicht für Ordnung sorgen, käme ich nie ans Ziel. Dann gäbe es kein Uranienburg und kein Sternenburg.«

Er steht vom Bett auf, als sei er des Gesprächs selbst überdrüssig.

»Komm jetzt«, sagt er lächelnd und hält ihr die Hand hin.

Sie schüttelt den Kopf.

»Wir müssen reden«, flüstert sie.

Er versteht sie falsch und antwortet mit scherzhafter Resignation: »Ich lasse ihn frei, wenn du mitkommst.«

»Ja«, murmelt sie, ohne sich zu rühren.

»Was ist denn?«, fragt Tyge und sieht, dass sie nicht umhinkann zu lächeln. »Was ist denn«, wiederholt er lachend.

»Ich wage es nicht, aufs Pferd zu steigen«, antwortet sie und ihre Blicke treffen sich. »Es ist wohl nichts, aber die Monatsblutung hätte kommen müssen.«

Sie schauen sich an, dann verbirgt er das Gesicht ein Weilchen in den Händen, streift darauf das Wams ab und breitet es mit roten Wangen auf den Dielen aus.

»Du sollst nicht auf so hartem Boden gehen«, scherzt er mit belegter Stimme.

Sie stellen sich kichernd auf das blanke Futter des Kleidungsstückes und halten einander umfasst.

Tyge schaut auf Kirstens Haar und denkt, dass in ihr ein Kind heranwächst. Wird kommen, wird zu uns aufsteigen. Ist ein Hirtenlicht, ein Wachfeuer in ihrer Dunkelheit. Vielleicht noch immer ein Stern. Der Herr erschafft nichts ohne Sinn, ohne jemanden, der es zu deuten versteht. In Gottes Schöpfung gibt es nichts Inhaltsloses.

Er sieht das Licht durch die Scheibe fallen, geht zum Fenster und betrachtet die Landschaft. Den weißen dänischen Himmel, die glatte, bewegte Fläche des Meeres. Wie gut es hier doch ist, denkt er, hier auf meinem Hven. Wie gut für die Kinder, an diesem Ort zu wachsen und zu gedeihen.

Kirsten sieht, wie Tyge sich umwendet und die Hand nach ihr ausstreckt. Da spürt sie plötzlich die Blutung kommen. Sie weiß nicht, was sie sagen soll, und sieht, dass Tyge die Hand sinken lässt, ihr zunickt, weil sie an ihrem Platz stehen bleibt, und hört ihn lächelnd feststellen: »Auf dem Wams ist es weicher.«

Kirsten denkt, sie wird ihm ein andermal erzählen, dass es kein Kind geben wird. Sie wirft einen Blick zum Spiegel, wo die Silberdose mit der schwarzen Paste liegt. Ihr Unterrock fühlt sich jetzt warm an, und ein leichtes Kitzeln ist zu spüren, als das Blut am Schenkel hinunterläuft. Es ist, redet sie sich ein, als brauchte ich nicht zu weinen, wenn er nur bald aus dem Zimmer geht.

Er sitzt wie so oft zuvor in seiner Kammer. Die Füße wollen unablässig trommeln. Die Daumen schlagen den Takt auf die Tischplatte. Er kann nicht denken, lässt den Federkiel fallen, verstummt und schließt die Augen. Um sich zu beruhigen, versucht er immer wieder das Bild des Kindes in Kirstens Leib zu sehen, versucht sich vorzustellen, wie es still leuchtend in ihrem Dunkel kreist. Doch die Gedanken bleiben die ganze Zeit unruhig, bewegen sich auf einen Abgrund, ein Vakuum zu. Jetzt schlägt die Uhr. Irgendwie ging es um einen schwarzen Mann, der auf dem Rücken einen Sack und in der Hand eine große Gabel trug. Die Amme hatte von ihm erzählt. Der schlich um die Häuser, war darauf aus, unartige Buben zu fangen. Spießte sie mit der Gabel auf und trug sie in seinem Sack davon. Hatte er das auf Knutstorp gehört? Tyge versucht, sich an die Kindheit zu erinnern, doch zunächst ist da nur Leere. Dann erinnert er sich, dass er auf dem Schoß seiner Mutter Beate gesessen hatte. Dunkelgelbe Seide umspannte ihren Leib, in der Halsgrube lag ein schwarzes Silberkreuz. Ihr weißes fleischiges Kinn und der offene Mund, aus dem die Wörter sprudelten. Er ließ die Finger über ihre Brust wandern und – klatsch – erhielt er eine Ohrfeige. Die Amme zog ihn vom Boden hoch, wohin er gefallen war. Das war auf Knutstorp gewesen. Dezember auf Knutstorp. Die Kälte kam über den Hügel und trieb das Schweigen vor sich her. Die dunklen Säle des Buchenwaldes. Mutter Beate und Vater Otto. Die wenigen Kinderjahre auf Knutstorp, bevor Oheim Jörgen ihn nach Tosterup holte und er dessen Sohn wurde.

Otto, Tyges Vater, hatte seinem kinderlosen Bruder Jörgen

Brahe und dessen Ehefrau Inger Oxe seinen erstgeborenen Knaben versprochen. Doch als Tyge geboren war, wollten Otto und Beate ihr Versprechen nicht halten. Jörgen und Inger entführten also das Kind aus Knutstorp. Das war zu einem Neujahrsfest. Sie nahmen den kleinen Buben mit auf ihr Schloss Tosterup im südöstlichen Schonen, wo er eine Reihe von Jahren blieb. Später kamen die beiden Paare überein, sich in Tyges Erziehung zu teilen.

Tyge reibt sich die Augen. Beate, denkt er und sieht die Mutter vor sich. Um den Kopf eine Seidenhaube, glatt und weich. Schwarze Samtbänder mit breiten Brokaträndern. Dein Seidenhaar, denkt Tyge, dein glitzernder Schmuck, deine weiße Stirn und dein gelbes Mieder. Schwarzhaarige füllige Mutter. Kirstens Lächeln und um die Brust feiner Samt.

Er hebt erneut die Feder und versucht die richtigen Worte zu finden. Er will, wie er schon lange vorhat, an den mächtigen Branting schreiben, will von all seinen Fortschritten berichten. Jetzt kann er obendrein von der kleinen Mondvariation erzählen, seinem großen Triumph. Doch kaum beginnt die Feder auf dem Papier zu kratzen, hält er wieder inne. Branting, denkt er mit Unbehagen, sieht in mir vielleicht noch immer den Schüler. Wenn dem so ist, kann er sich wohl nur schwerlich eingestehen, dass wir ebenbürtig sind, ja, dass ich ihn sogar übertroffen habe. Mein Selbstgefühl ist stark und dennoch dunkel, voll böser Ahnungen.

Und Tyge sieht ein sonderbares Bild seiner eigenen Person vor sich: Vom Mittelpunkt aus, wo auch er ein Stern ist, hat er das Haus um sich herum errichtet. Als sollte es ihn umschließen, seine eigene Verfrorenheit mit Fleisch umhüllen. Seine Starrheit ist sein Schloss und er ist sein eigenes Feuer. Sachte brenne ich, denkt er, sachte züngle ich an dem Holz. Und auch das Holz ist mein Wesen.

Langsam schreibt er: »Die sieben Himmelskörper, die Metalle und die Organe.«

Er verliert den Faden. Starrt auf die Notizen, Blatt Nummer 174: »Es ist von Wichtigkeit zu wissen, dass die sieben Planeten am Himmel ihre Entsprechung in den sieben Metallen der Erde und beim Menschen (der nach dem Vorbild beider erschaffen wurde und deshalb mit Recht ein Mikrokosmos genannt wird) in den sieben wichtigsten Organen finden.

All das ist untereinander so schön und harmonisch geordnet, dass es nahezu ein und dieselbe Funktion, Art und Natur zu besitzen scheint.

Somit haben Sonne und Mond ihr Gegenstück in den beiden vornehmsten Metallen Gold und Silber und beim Menschen in den wichtigsten Organen, dem Herz und dem Gehirn.

Die beiden uns wohlgesinnten Planeten Jupiter und Venus, bei den Metallen sind es Zinn und Kupfer, nehmen den zweiten Platz der Rangfolge ein und entsprechen im Menschenkörper der Leber, dem Organ für das Blut, und den Nieren, die der Fortpflanzung dienen.

Die beiden, wie man sie nennt, übel gesinnten Planeten Saturn und Mars haben ihre Entsprechung in den schlechteren Metallen Blei und Eisen und im Menschenkörper in den zwei geringen und minder notwendigen Organen Milz und Galle, welche die schwarzgelbe Galle enthalten.

Gleich wie der Planet Merkur seiner Natur nach unbeständig und weitaus wandelbarer ist als selbst Proteus, kann auch der irdische Merkur, gleichfalls Quecksilber genannt, in einer Vielzahl verschiedener Formen auftreten, die Natur anderer Stoffe annehmen und sonderbare Verwandlungen erfahren. Im Menschenkörper entspricht er den Lungen, deren Verrichtung es ist, den Atem einzuziehen und durch das Atemholen dem Herzen und den anderen Gliedern Leben einzuhauchen sowie insbesondere der Sprache zu dienen gleich dem Merkur am Himmel.

Mit diesen sieben ist obendrein manch anderes durch eine wunderbare Analogie verbunden, die sich mit wenigen Worten nicht erklären lässt. So stehen die übrigen irdischen Stoffe, die Edelsteine und Salze, gemäß einer gewissen Ordnung unter dem Einfluss der sieben Planeten, insbesondere dem der Fixsterne, die in sich, wenngleich verborgene, planetarische Kräfte tragen.

Auf gleiche Weise werden in der tellurischen Astronomie auch das Gras und die vegetabilischen Stoffe nach einer gewissen Ordnung nicht nur den sieben Planeten, sondern gleichfalls den Fixsternen zugeordnet, deren Natur sie ähneln. Das Verständnis solcherlei und anderer zur Sache gehöriger Dinge kann die populäre Physik nicht lehren, ebenso wenig wie die von aristotelischen Spitzfindigkeiten und falschem Tand verführten närrischen Professoren sich selbst oder andere hatten darin unterweisen können, den Kern der Wahrheit zu finden, der sich hierin verbirgt ...«

Er starrt auf die Zeilen, bis ihm die Augen brennen. Salzkörnchen auf den Augäpfeln. Ruß und Weichheit. Ordnung, denkt er. In einer solchen Ordnung, wo befinden sich da die Toten? Und Kirsten, wo ist sie? Das Bauernmädchen, hat sie einen Platz in dieser Ordnung? Dann hebt er den Blick und betrachtet den niedrigen Himmel. Sind die Ungeborenen dort oben? Das Kind, das Kirsten vielleicht in ihrem Leib trägt, ist es dort? Kann man es sehen?

*

Kirsten denkt, hier ist alles, wie es immer war, als sie mit eingezogenem Kopf die Hütte in Lerberget betritt, wo ihre Töchter den Tag verbracht haben, während sie selbst in Hälsingborg weilte. Sofort verspürt sie den Impuls, sich mit der Mutter an die Anrichte zu stellen, um Hackfrüchte für die Abendmahlzeit zu zerkleinern, während der gute Duft von Vaters Rauchtabak den Gestank von Ruß oder Fisch verdrängt. Doch zugleich fühlt sie sich in dem alten Zuhause fremd. Dass sie auf diese Weise leben, denkt sie, als sie den Sand auf dem Boden, den Hühnerdreck auf dem Kaminsims und die rußigen Streifen an den Wänden sieht. Nur weil man arm ist, braucht man doch nicht von Schmutz umgeben zu sein. Sie weigern sich, etwas von Tyge anzunehmen. Sie hätten ein gutes Leben in Uranienburg führen können, genau wie sie selbst. Aber der Vater hatte einmal gesagt, er wolle nicht das Kebsenleben seiner Tochter teilen.

Lange Zeit war Kirsten ihren Eltern sehr böse gewesen. Dann

konnte sie den Zorn nicht länger nähren. Sehnsucht nach Mutter und Vater packte sie, und sie begann die beiden erneut zu besuchen.

Sie würde gern auf dem einzigen Schemel Platz nehmen, doch die Kleider, die sie trägt, machen es ihr unmöglich, auf diese Weise zu sitzen. Stattdessen sagt sie und gibt ihrer Stimme einen sanften, unbeschwerten Ton: »Sind meine Mädchen brav gewesen?«

Die Mutter nickt lächelnd.

Magdalena, die älteste Tochter, tritt heran. Sie trägt eine neue Schürze. Elisabeth, die Kleine, drängt sich vorbei und ruft: »Schau mal, wir haben genäht!«

Elisabeth rennt zu Kirsten und versucht an ihr hochzuklettern. Sie drückt sich an die Schenkel der Mutter und lacht laut in den Stoff ihres Kleides. Kirsten späht in das Zimmer hinein. Die alte Holztruhe und die Anrichte. Es ist dunkel und scheint leer zu sein. Die Mutter folgt ihrem Blick und sagt: »Vater ist nach draußen gegangen. Du weißt doch, wie er ...«

Kirsten wendet sich zur Tür, und Elisabeth weint, als sie weggescheucht wird.

»Kommt jetzt«, sagt Kirsten kurz zu den Kindern.

Auf dem Weg zum Wagen merkt sie, dass Elisabeth noch immer den Beutel mit dem Tabak in der Tasche hat.

»Großvater wollte ihn nicht haben«, sagt das Mädchen.

Kirsten schaut sie genau an, kann jedoch nichts Unangenehmes in ihrem Blick oder Tonfall entdecken.

Als die Kutsche losrumpelt, winkt Magdalena der Großmutter zu und hält Elisabeth an der Scheibe hoch; Kirsten aber starrt nur hinaus auf den Weg, noch immer mit diesem seltsamen Schmerz in der Brust, einem Gefühl, das an Zorn grenzt.

Als sie an Bord des Schiffes gehen, das im Hafen von Råå auf sie gewartet hat, will Magdalena plötzlich nicht im Heck bei Kirsten und Elisabeth sitzen. Den ganzen Weg zurück nach Hven steht die Tochter an der Reling und blickt aufs Wasser hinaus. Als Kirsten zufällig zu den Männern am Ruder schaut, ist ihr, als flüsterten sie miteinander und wiesen mit dem Kopf in ihre Richtung. Ihr kommt plötzlich der unerquickliche Gedanke, dass die Tochter sich ihrer schämen könnte. Weil sie Tyge nicht angetraut ist. Kirsten fragt sich, ob der Vater etwa vor ihren eigenen Kindern abfällig über sie gesprochen habe. Sie fingert an ihrem Ring und lässt den Blick über die Sonnenflecken auf dem Wasser gleiten. Elisabeth ist auf ihrem Schoß eingeschlafen. Ich werde zur Siechenstube hinaufgehen und nach dem Rechten sehen, denkt Kirsten. Der Frühling steht vor der Tür, und da kommen Lungenpest und Ohrwurm. Doch woran sie tatsächlich denkt, ist die kleine blaue mit Kork und einem Stoffrestchen verschlossene Flasche, an die Wermuttinktur.

Über dem Wasser erheben sich nun die Zinnen von Uranienburg. Die rotweiße Flagge flattert im Wind. Der Pegasus, Tyges gewaltige Wetterfahne, bäumt sich auf, glänzt im Sonnenschein und bewegt langsam Hals und Vorderbeine. Die Kirche von Sankt Ibb liegt wie ein weißes Knochenstück ganz oben im Nordosten. Es ist wahrhaft schön, denkt Kirsten. Doch ich weiß, dass wir allesamt zugrunde gehen. Bald ist all das hier zu Ende.

Das Schiff legt an. Der Rudergänger springt an Land und hilft Magdalena und dann Klein Elisabeth über die Reling. Als Kirsten an der Reihe ist, gibt er vor, sie nicht zu sehen. Er wendet sich ganz unverfroren ab und lässt das Tau um den Poller gleiten. Kirsten fühlt heftiges Herzklopfen. Röte steigt ihr ins Gesicht, als sie gezwungen ist, die Röcke zu heben und den langen Schritt zwischen Schaluppe und Land zu wagen. Unter sich sieht sie das Wasser, schwarz und böse, das zwischen ihren Beinen hochstarrt. Magdalena steht mit dem Rücken zu ihr und hält Elisabeth an der Hand. Mutter und Tochter gehen Hüfte an Hüfte schweigend zum Schloss hinauf, ohne sich auch nur ein einziges Mal anzusehen.

*

Der Bau von Sternenburg, dem unterirdischen Schloss und Observatorium, schreitet unerbittlich voran – so wie der Tag in die Nacht übergeht. Doch nicht ohne unvorhergesehene Zwischenfälle. Tyge muss unablässig vor Ort sein, um die Bauern zu überwachen. Allzu viel des kostbaren Baumaterials ist in Stücke gegangen. Steine sind verschwunden, Unglücksfälle haben sich ereignet. Eines Nachts hat das Gesinde obendrein bemerkt, wie ein Fremder durch die Krypten strich und überall herumschnüffelte. Und Kirsten stieß auf eine der großen Treppenstufen des Vestibüls, eingebaut in einen Zaun. Fein säuberlich in den Stein gemeißelt stand da zu lesen: »*Aber die Kunst ist das Höchste*«. Rundherum grasten andächtig die Kühe und Fliegen umsurrten ihre klebrigen Mäuler.

April

Ein neuer Morgen. Tyge steht vor dem Wandspiegel und kämmt sich den Kinnbart. Legt seine Reisekluft an, die schwarzgraue Samtjacke, die Beinkleider, das Medaillon und dann das Schwert. Es ist an der Zeit, sich seiner Obliegenheiten anzunehmen.

Fertig angekleidet verlässt er den Schlosshof und geht mit entschlossenen Schritten durch das knisternde, froststarre Gras. Die Männer warten unten im Bootshafen, um ihn zum Leuchtturm von Kullen zu bringen. Es ist gut, denkt Tyge, dass Kirsten vorgeschlagen hat, gleich frühmorgens loszufahren, um bei den Studien des Abends und der Nacht keine Zeit zu verlieren. Dann besteht auch keine Gefahr, sagte sie, dass ich mit den Gedanken abwesend bin.

Er folgt dem Pfad hinunter zum Schiff. Rasmus, einer seiner geliebten Wachhunde, umkreist seine Füße, bei allem und jedem neugierig innehaltend. Die Sonne erwärmt den Boden jetzt rasch. Die Vegetation ist noch spröde und feucht. Seine Zehen werden nass, das Schuhleder ist bereits starr und kalt. Die Feuchtigkeit macht sich im Gras immer mehr bemerkbar. Die Schnauze des Hundes vibriert leise vor einem toten Vogel. Tyge bleibt stehen und betrachtet den Kadaver. Die offenen Bögen des Schnabels, den Spiegel des toten Auges, diese Schwärze ohne Inhalt – der Keller, die Messingtafeln mit den Namen der toten Kinder. Und jenes Kind, das, wie sich herausgestellt hatte, Kirsten gar nicht im Leibe trug. Der schwarze Sack des schwarzen Mannes. Eine plötzliche Angst schließt sich um ihn wie ein Eisensarg: Wenn es ihm nun niemals gelingt zu verstehen? Wenn die Zeit dennoch nicht ausreicht und alles, was er bisher getan hat und was er jetzt noch tut, bereits vergeblich geworden ist?

Er sieht vor sich, wie die Sterne gleich brennenden Fackeln ins schwarze Wasser stürzen: Sie erlöschen, als sie auf der Oberfläche aufschlagen, dünner Rauch und Verglühen … Alles wird vergehen, denkt Tyge. Sich auflösen, zunichte werden – aus dem Gedächtnis getilgt sein wie die Väter unserer Väter. Wir gehen hier herum mit ihren Mündern, Augenbrauen, Schultern und Händen, aber wir wissen nicht, wer sie waren, haben sie nicht in Erinnerung, nur als Alte, die nicht mehr zählen. Und unsere Kinder … Tyge sieht vor sich, wie Kirstine und Klaus hinabgezogen werden, unter die Wasserfläche, die anderen Kinder wirbeln im Kreis, folgen hilflos nach …

Plötzlich hat er das sonderbare Gefühl, beobachtet zu werden. Ihm geht durch den Kopf, dass es Spione geben könnte, die nur darauf warten, dass er Hven – wenn auch nur für kurze Zeit – verlässt, um seine Tabellen zu stehlen. Hatte nicht Anders, der Knecht, neulich nachts gesehen, wie ein Fremder durch Sternenburgs Krypten schlich? Vielleicht, denkt er, ist die Schatulle in meinem Zimmer schon ausgeraubt, sind meine Entdeckungen entwendet. Und vor seinem inneren Auge steht der schwarze Schrank gähnend leer, die staubige Luft erzittert …

Er dreht sich zum Schloss um und sieht plötzlich einen unbekannten Mann auf den Vorplatz eilen; er kommt aus der Tür, die zu seiner Studierstube führt. Der Mann hält etwas unter der Jacke verborgen und verschwindet rasch um die Ecke. Tyge meint, sein Herz bleibe stehen, die Knie werden ihm weich und er sinkt ins Gras. Die Nässe dringt langsam durch die Kleider. Die Angst, die ihn gepackt hält, legt sich wie eine undurchdringliche Hülle zwischen ihn und die Welt. Der Schmerz in der Lendengegend nimmt zu. Er versucht zu denken, doch sein Verstand ist erstarrt vor Schreck. Ist man, denkt er, hinter meinen Erkenntnissen her? Wie konnte ich nur so dumm sein, Branting einen Brief zu schicken, in dem ich meine Entdeckung andeutete? Er versucht Rasmus zuzuflüstern, er möge loslaufen, dem Dieb hinterherstürzen, doch ihm versagt die Stimme. Der Hund steht nur still da und sieht ihn mit seinen glänzenden dunkelbraunen Augen fröhlich an.

Er ahnt, dass es bereits zu spät ist. Doch er muss den Ort des Verbrechens mit eigenen Augen sehen; vielleicht hat der Dieb etwas zurückgelassen. Tyge stemmt die Fäuste auf den Boden und kämpft sich hoch. Er dreht sich um und geht auf zitternden Beinen zurück zur Burg. Als er den langen Weg über den Schlosshof hinter sich hat, dann durch die Holztür geschritten, die Korridore entlanggegangen und endlich in seiner Kammer angekommen ist, muss er stehen bleiben. Er holt Luft, schwitzt und zittert. Tyge betrachtet die Himmelskugel mit den Figuren, die durch das Universum tanzen. Dürers Tierkreis in Gold und Silber bewegt sich unmerklich im Ätherraum. Im Nacken fühlt er den Atem eines anderen und denkt: der Sensenmann, Ernte, Saat und Ernte – Ernte, Saat und Ernte … Im Schmutz, voller Schlamm liegen die Sterne, die er noch nicht gesehen, deren Örter er noch nicht markiert hat. Vergraben, versteckt, mit Erde besudelt … in der Schwärze ohne Inhalt … Die Enttäuschung Gottes, das erlöschende Lächeln …

Plötzlich öffnet Kirsten die Tür. Tyge zuckt zusammen und beginnt in seiner Angst zu toben. Schreit sie an, sie solle in Gottes Namen verschwinden und nicht in seine Kammer schleichen, als sei er geisteskrank. Als sei er ein alter Tor, von dem man glaube, er würde sich selbst und das ganze Haus in Brand stecken, wenn man ihn nicht unter Aufsicht hielte! Er ist ungeheuer wütend, Schaum steht vor seinem Mund, die Hände sind klatschnass und der Schweiß brennt in den Achselhöhlen.

»Lernen arme Leute nicht anzuklopfen?«, brüllt er.

Ohne ein Wort schlägt Kirsten die Tür zu und ihre Schritte verklingen. Ledersohlen auf Dielen, die an den Steinboden schlagen: ein heller, ein platter, ein dumpfer Laut.

Tyge sinkt zu Boden. Die Tabellen mit den klaren, geraden Kolumnen – die Mondvariationen – liegen unbeschädigt in der Schatulle. Er starrt auf die Zahlen, auf die Beweise, dass er Recht hat, und müde Tränen füllen seine Augen, quellen über, verzerren die Schrift, lassen sie in die Schräge zerlaufen, ziehen sie wieder zusammen. Langsam erhebt er sich, während er vor sich hin flüstert: »Ich muss zu Kirsten gehen. Muss zusehen, dass sie mir meine üble Laune und den Zorn verzeiht, der meinen Körper wie mit einer zweiten Haut umgibt und auf allem liegt, was ich in Angriff nehme.«

Er steht zitternd auf den Dielen und fühlt glühenden Schmerz aus der Harnblase aufsteigen. In den letzten Wochen ist dieses Brennen so viel stärker geworden. Er wartet reglos darauf, dass es nachlassen möge, und auf seiner Stirn perlen zahllose Schweißtropfen. Der Schmerz erreicht die Nieren und sinkt langsam wieder zurück.

Als Tyge sich erneut bewegen kann, schließt er seine Schatullen weg, wird wieder unsicher, fühlt sich gezwungen, andere Tabellen hervorzusuchen, andere Skizzen. Er kontrolliert seine Notizen. Liest die Kopie des Briefes an Branting. Betrachtet die Zeichnungen. Geht aufs Neue sein Weltsystem durch. Folgt den Bahnen mit dem Finger, flüstert vor sich hin, so als lese er einen Vers:

»Mond, Sonne und Fixsternsphäre umrunden die Erde. Die Erde befindet sich unbeweglich in der Mitte des Weltalls. Die fünf Planeten drehen sich in Kreisen um die Sonne, die ihr Zentrum ist. Der tägliche Lauf der Planeten um die Sonne braucht vierundzwanzig Stunden. Dasselbe gilt für die Sonne, den Mond und die Bewegungen des Fixsternhimmels um die Erde.«

Als sich Tyge endlich erhebt, um Kirsten aufzusuchen, ist es bereits spät am Abend.

*

In der Küche ist sie nicht. Vom Fenster schaut er nach der Siechenstube, aber dort brennt kein Licht. Er geht planlos durch die Zimmer. Am Ende ruft er eine der Mägde herbei. Sie sagt, sie hätte Kirsten vor mehreren Stunden in ihre Kammer gehen sehen. Da packt ihn die Furcht, Kirsten könne sich an ihre Töpfchen gehalten haben. Sie wird doch nicht bittere Kräuter gekaut haben, bis sie gelbgrünen Schleim gespuckt hat, und jetzt dort bleich und hin und her schaukelnd dasitzen, sich erbrechen, fluchen und weinen.

Er läuft eilig durch die Korridore. Öffnet die Tür zu ihrer Kammer. Bleibt hinter der Schwelle stehen und lauscht. Vom Bett sind Kirstens Atemzüge zu hören. Sie schläft. Tyge legt sich neben sie und atmet die wohligen, starken Düfte ihres Körpers ein. Sie erwacht, stützt sich auf den Ellenbogen und blinzelt in seine Richtung: »Bist du es, Tyge …«

»Kirsten, meine Missgestimmtheit …«

Sie lächelt schläfrig und streckt die Arme aus. Er begreift, dass sie berauscht ist. Die kleine blaue Flasche liegt in den Falten des Lakens.

Kirsten flüstert heiser: »Tyge, du verstehst nicht … dass es mit uns aus ist. Wir sinken. Ich höre die ganze Zeit, wie das Wasser steigt. Aber das macht nichts.«

Er beugt sich über sie, berührt mit den Lippen weich ihr verschwitztes Ohr und flüstert, dass er mit ihr spielen wolle. Kirsten nickt und steht schwankend auf. Schlaftrunken lächelnd, legt sie den Sternenmantel um, den er für sie hat nähen lassen. Nimmt die Krone und den Stab. Beginnt sich zu drehen, steif und majestätisch. Das dunkle Haar ringelt sich über der Stirn und um die Schultern.

Er liegt im Bett und betrachtet sie. Wenn ich sie nicht hätte, denkt er – Stängel und die zackigen Blätter des Farns, Glasperlen und Zepter, Sternenmantel. Urania, mich ganz umgebend. Meinen roten Bart, meine schroffe Stirn und meine kurzen Finger. Ich, der ich einmal ein Kind gewesen bin. Nun so breit und gedrungen.

Kirsten dreht sich vor ihm, er bekommt ihr Handgelenk zu fassen und zieht sie aufs Bett. Ihr schwerer Körper liegt auf ihm. Der kleine Fuß windet sich um seinen Spann. So warm, denkt er. Wie warm sie ist. Gib mir deinen Kummer, Kirsten, lade deinen Schweiß auf mich ab. Der Junge in mir, der ich einmal war, jener Knabe, der nie den Schmerz vergaß, den der Vater ihm zufügte, wird deine Trauer aufnehmen. Doch, meine Liebe, gib mir auch deine Sanftmut, deine Wärme.

Er flüstert lächelnd: »Lass mich die Schlange in deinem Schoß, der Wiege des Kindes, fühlen und die Rippe, die du von mir bekamst, du Unfassbare.«

Jetzt lacht Kirsten über sein Gerede, und sie sagt, sie sei nicht unfassbar. Sie nimmt sein Gesicht in ihre Hände und fragt mit dem Ernst, der für den Rausch typisch ist: »Wo ist da eigentlich der Unterschied?«

Tyge blickt Kirsten tief in die Augen und begegnet seinem eigenen Spiegelbild. Gefangen in ihrer riesigen, abgrundtiefen Pupille, schaut Tyge, ernst und nachdenklich, direkt sich selbst an. Aus seinem Blick, aus ihrem.

Die grauen schweren Wolken wälzen sich – dick und vor Dunst strotzend – unter den Sternen dahin. Gasstern, denkt er, Feuerstern, Meeresstern, Gold. Überallhin ausgesandte starre Strahlen, Haarsträhnen aus Gold und Silber. Wir spielen, sie und ich spielen. Und vielleicht wird daraus ein Kind.

Als sie eingeschlafen ist, liegt Tyge lange neben ihr und betrachtet ihr Profil. Er setzt sich auf, beugt sich vor und schaut auf ihre Lippen. Der durchsichtige bläuliche Schatten der Nase fällt auf die Wange. Er schließt die Augen und nähert sich ihrem Gesicht. Sie atmet sanft gegen seine Stirn. So bleibt er ein Weilchen sitzen, spült sich rein in ihrem Atem.

Die Nacht vergeht, aber Tyge liegt wach. Er folgt dem grauen Spinnengang der Schatten auf Kirstens Gesicht und Brust. Ihre schmale Hand liegt offen an der Schläfe. Er erinnert sich, wie sie sich begegnet waren. Es war im Spätwinter, er war gerade zwanzig Jahre alt. Die Sache mit seiner Nase war erst ein halbes Jahr zuvor geschehen, und er zog es vor, nur nachts aus dem Haus zu gehen. Tyge steigt die Röte ins Gesicht, als er daran denkt, wie er damals im Wirtshaus nach Manderup Parsbergs Wurst geschnappt hatte und mit dieser im Mund zwischen den betrunkenen Kameraden herumstolziert war. Parsberg hatte ihn lachend zum Duell gefordert, Tyge hatte erwidert, er wolle mit der Wurst kämpfen, war quer über die Schenkel eines älteren Deutschen gefallen und unter einen Tisch gekrochen. Parsberg hatte ihn an den Beinen gezogen, sie waren ihm aus den Händen gerutscht, und er hatte gerufen, er werde Tyge schon noch hervorstochern. Ein Bierkrug war zu Bruch gegangen, und ein Messer wedelte zwischen den Beinen der Kameraden, als Tyge auf dem Weg nach oben war. Irgendetwas, vielleicht ein Haar im Auge, ließ ihn blinzeln. Er schlug mit dem Kopf gegen den Tisch, und als er wieder sehen konnte, war alles voller Blut. Es dauerte mehrere Minuten, bevor er begriffen hatte, was geschehen war: Parsberg hatte ihm versehentlich die Nasenspitze abgeschlagen.

Nach diesem Ereignis gewann sein Interesse an den Sternen erst richtig Macht über ihn. Er lebte bei seinem Oheim auf Herrehvad und des Nachts ritt er weite Strecken, bevor er vom Pferd stieg und seine Spaziergänge machte. Er nahm die Gewohnheit an, jedes Sternbild, das er erblickte, identifizieren zu wollen. Es war an einem solchen Abend, als er auf Kirsten stieß, die dabei war, Nachtkräuter zu sammeln. Er hatte etwas gehört, ein Rascheln zwischen den bereiften, dornigen Büschen, und dann eine junge Frau entdeckt, die bei seinem Anblick stehen blieb.

»Weißt du, wer ich bin? Ja, das weißt du natürlich.«

Auf seine strenge Aufforderung hin hatte sie knicksend erklärt: »Ich bin Kirsten Jörgensdotter. Mein Vater ist Pfarrherr in Lerberget.«

Als ihr Blick dem seinen begegnet war, stieß er auf eine Mauer, eine Abwehr. Sie hatte seine Nase gesehen und kurz gesagt, sie könne ihm bei der Wunde helfen, wenn es ihm recht sei.

Und schon am nächsten Vormittag hatte Tyge in dem rauchigen Vorraum ihres Elternhauses in Lerberget gestanden und auf sie gewartet, während der Schnee unter seinen Sohlen taute und zwischen die Dielen lief. Tyge war nie zuvor in einer so kleinen Hütte gewesen. Die Wände waren voller Ruß und das einzige Zimmer schien ebenso dunkel zu sein wie der Geräteschuppen daheim auf Knutstorp. Er hatte seinen Besuch sogleich bereut, als ihm klar geworden war, wie unerfreulich doch alles, was mit armen Leuten zusammenhing, war, selbst wenn es sich um eine des Lesens kundige Pfarrersfamilie handelte. Ihr Vater hatte ihn mit zitternden Händen begrüßt, bevor er seine Tochter holen ging. Die Mutter hatte Tyge nur flüchtig am Herd stehen sehen. Dann war Kirsten hereingekommen, und ohne ein überflüssiges Wort zu verlieren, hatte sie ihr Kästchen geholt und ihm die Salbe gezeigt, die sie für seine Nase gemixt hatte. Die Schmerzen und der Eiter verschwanden, der üble Geruch verzog sich und in Tyges

Gesicht zog endlich wieder Wärme ein. Vielleicht hatte er schon damals begriffen, dass Kirsten jemand war, den er an seiner Seite haben konnte, eine Frau, die niemals auf den Gedanken kommen würde, mehr zu begehren, die ihn nie verlassen könnte.

Er hockt reglos da, gibt sich der Erinnerung hin und sieht, wie sehr Kirsten gealtert ist. In früheren Zeiten hatte sie darum gebettelt, neben ihm vor den Tabellen stehen zu dürfen. Aber er hatte es ihr verweigert. Alle sollten sich an ihre Aufgaben halten, jene, die Gott dem Menschen gegeben. Die herrschende Ordnung ist die des Herren. Vielleicht, denkt er, ist das der Grund, weshalb ich sie nicht ehelichen konnte. Ich habe sie aus der Armut erhoben und in den Schlosssaal geführt, doch konnte ich nicht riskieren, dass die Störung der Ordnung, die damit verbunden war, mich mitreißen würde, wenn man dieselbe später wiederherstellte.

Er steht vom Bett auf und verlässt das Zimmer auf leisen Sohlen.

✳

Später, zu vorgerückter Nachtstunde, kommt er an der Kirche von Sankt Ibb vorbei. Die Kinder liegen bei den Bäumen, nahe der Mauer zum Meer hin. Es sind zwei. Er hat sie hierher, nach Hven, überführen lassen: Kirstine, ihre Erstgeborene, und Klein Klaus. Es ist nun bald sieben Jahre her. *Schwesterchen groß und Brüderchen klein.* Im Gotteshaus ist es völlig finster. Dennoch versucht er durch die Fenster zu blicken, meint, obgleich es unmöglich sein dürfte, die golden schimmernden Kerzenhalter, die Kronleuchter, das Blattgold der Holzschnitzereien und die Kränze der Engel zu sehen. Seine Augen sind scharf.

Gott, denkt er, wird mich sehen und gutheißen, was ich tue.

✳

Selten hat er eine solche Erregung empfunden. Die Kisten sind gekommen und stehen aufgebrochen da. Er schlägt den Samt zur Seite und da glänzt ein zierlicher Spann, ein Fußgelenk und dann ein Bein. Ein ungemein schönes, ernstes Gesicht ruht in einer anderen Kiste, den starren Blick direkt hinauf in den dänischen Himmel gerichtet. Tyge hat die Figur selbst konstruiert: Es ist Merkur, der auf dem Grashügel über Sternenburg tanzen soll. Dem Hügel, der den Olymp darstellt, den Berg der Götter.

Kirsten steht bei Sternenburg und beobachtet die Handwerker, die den kleinen goldfarbenen Mann festschrauben. Tyge ist vor Ort und ermahnt die Leute unablässig. Er ist aufgeregt und ungeduldig. Die Männer dürfen den Merkur nicht mit bloßen Händen berühren, sie müssen Lederfäustlinge tragen.

Als die mechanische Figur aus der Kiste gehoben wurde, schlenkerte sie mit dem Arm, und einer der Bauern schrie auf. Tyge lachte, aber Kirsten erbleichte unter ihrer Haube. Sie sah, wie der Bauer über die Schulter spuckte und ganz Sternenburg einen bösen Blick zuwarf. Kirsten bekreuzigte sich hastig unter ihrem Umhang.

Merkur ist endlich fertig montiert, und Kirsten fühlt, wie Tyge sie beim Ärmel fasst. Er holt tief Luft. Sie schaut verstohlen zu ihm hin und fragt sich, ob ihn die Sache bewegt. Die kleine goldfarbene Figur steht einen Augenblick still da, erzittert nur leicht im Wind. Dann zuckt sie zusammen, verbeugt sich tief und beginnt ihren Tanz den grasbewachsenen Hügel hinauf, in der unsichtbaren Spur, die Tyge hat legen lassen. Merkur streckt die Füße und hebt die Stirn zum Himmel.

Sie umarmen einander und Tyge flüstert: »Horche jetzt, Kirsten. Horche genau hin.«

Sie stehen ganz still, lauschen in Richtung des mechanischen Mannes und wenig später lächelt Tyge: »Verstehst du? Nicht ein Laut. Kein Knirschen, kein Klappern.«

Sie steigen hinunter in die Wärmestube. Dort steht der Mann aus Antwerpen, Hans Knieper, mit bloßem Oberkörper. Seine Schultern und der ganze Rücken scheinen wie weiß getüncht.

Als er sie kommen hört, dreht er sich um. Sein Gesicht ist verschwitzt, und die goldenen Vorderzähne glänzen, als er lächelnd sagt: »Jetzt … fertig, glaube ich.«

Er klatscht in die Hände, und ein paar junge Burschen beeilen sich, die Fackeln anzuzünden. An jeder Wand, an der Decke und auf den Balken leuchten die Farben des Künstlers. Dort stehen Timocharis, Hipparch, Ptolemäus, Albategnius, Alfonsus, Kopernikus und schließlich Tyge selbst. Überall an den Wänden und auf den Türen befinden sich Inskriptionen in klaren Farben. Verse und Prosa von Tyge über die Mühen früherer Forscher. Geschrieben in Latein, Griechisch und Dänisch.

✳

Am Samstag, dem letzten Apriltag des Jahres 1584, ist der Bau von Sternenburg abgeschlossen. Der Architekt Hans van Steenwinkel, der Uranienburg errichtet hatte, war auch hierbei für alle technischen Details zuständig gewesen. Tychos Devise ist in verschnörkelten Buchstaben festgehalten: *Non haberi sed esse.* Nicht dafür gelten, sondern sein – nicht Schein, sondern Wirklichkeit. Die Kupferdächer blinken im Gras. Merkur tanzt auf dem Hügel, und die Hunde werden unruhig und winseln bei seinem Anblick. Auf dem gewaltigen viereckigen Porphyrstein am südlichen Portal steht in Majuskelschrift: »GOTT, DEM ALLMÄCHTIGEN, UND DER NACHWELT ZUGEEIGNET«. Der Bau hat die Präbende zahlreicher Jahre und obendrein fast Tyges gesamtes Vermögen verschlungen. Überdies sind ein paar Bauern zu Tode gekommen, vielen wurden Finger und Zehen abgequetscht, und ein Jüngling ist wegen Schadenszufügung bestraft worden. Tyge hat ihn, trotz Kirstens Bitten, erst auspeitschen lassen und ihn dann auf die Festung nach Kopenhagen geschickt.

Doch nun ist Sternenburg vollendet. Es wurde bestimmt, die große Einweihung noch hinauszuschieben, bis das Observatorium in wissenschaftlichen Kreisen gutgeheißen worden ist. Eine Kommission aus Kopenhagen wurde für den nächsten Monat erwartet. Mithin findet an diesem Samstagabend nur eine kurze informelle Zeremonie statt. Am Eingang zu Sternenburg stehen die Tische gedeckt. Darauf Weinbecher, Teller und Schüsseln mit Braten, Pürees und Soßen. Obstschalen und Branntwein. Uranienburgs Herrschaften essen und trinken. Der Zwerg spielt auf der Flöte, und Magdalena, Tyges älteste Tochter, trägt ein rotweißes Kleid, nimmt ihre kleinen Schwestern Elisabeth und Sophie bei der Hand, und sie beginnen zu tanzen. Die Jüngsten, Tyge, Sidsel und Jörgen, werden von Erwachsenen auf den Arm genommen, und alle tanzen im Kreis um die unterirdische Burg. Kirsten steht im kühlen Frühlingswind und lächelt, hält es jedoch für unpassend, sich am Tanz zu beteiligen. Auch Tyge tanzt nicht. Er sitzt still auf seinem Ehrenplatz, den man ins Gras hinausgetragen hat. Auf seiner Brust hängen der schwere Silber- und Bronzeschmuck, die Wissenschaftsorden. Er hält einen Becher in der Hand, hat das Barett abgenommen und den Lorbeerkranz aufgesetzt, den die Studenten zu dieser Festlichkeit für ihn gebunden haben.

Als die Sonne untergegangen ist, erhebt sich Tyge von seinem Stuhl und, gefolgt von der Reihe der Studenten, begibt er sich nach Sternenburg hinunter, um mit den Messungen der Nacht zu beginnen.

Mai

Er trägt seine beste Observationskleidung, die pelzverbrämte Schaube und das Barett, und er empfindet keinerlei Nervosität. Hingegen verspürt er jedes Mal, wenn er den Schritt verhält, gleichsam ein Beben in sich. Als würde ein Glasgefäß unablässig vibrieren. Kirsten ist verängstigt, es ist unmöglich, sich in ihrer Nähe aufzuhalten. Ihre Lippen sind weiß und trocken.

Eine Kommission, bestehend aus Dänemarks hervorragendsten Wissenschaftlern und Gelehrten, wird heute in Hven eintreffen, um Tyge Brahes Tätigkeit auf dem Lehen in Augenschein zu nehmen und zu ermitteln, wie groß deren Nutzen ist.

Branting ist einer dieser Männer, die man erwartet. Der wichtigste von allen.

Kirsten steht am Fenster des Sommerspeisesaals und betrachtet die Scharen geflügelter Ameisen, die auf dem Blech landen. Der Staubgeruch des Kleiderstoffs vermischt sich mit dem Bleigeruch ihres Puders. Diese Gerüche wirken normalerweise beruhigend. Sie hebt das Handgelenk und schnuppert vorsichtig an dem Parfüm, das sie selbst gemischt hat. Lilien und Rosen, grüne Ranken. Sie tut alles, um ihre Gedanken vor jenen Vorahnungen zu verschließen, die sie in sich spürt.

*

Die Männer steigen mit zitternden Beinen an Land, als seien sie gründlich seekrank geworden. Dann bleiben sie ein Weilchen stehen und blinzeln zu Uranienburg hoch. Es sind sieben an der

Zahl. Einer von ihnen hält ein Taschentuch vor den Mund, als glaubte er, ihm würde entsetzlicher Gestank entgegenschlagen. Sie gehen den Pfad zum Schloss hinauf. Kirsten hört Tyge im Zimmer über sich. Der Stuhl wird scharrend weggeschoben und eilige Schritte erklingen auf den Dielen. Auch er hat die Männer also von seinem Fenster aus gesehen. Kirsten weiß nicht, was sie tun soll. Sie läuft ziellos umher, bleibt schließlich an der Anrichte stehen und gießt sich ein Glas Branntwein ein, das sie in einem Zuge leert. Diese Männer, wiederholt sie für sich selbst, sind vom Hof in Kopenhagen geschickt, um hier herumgeführt zu werden und Tyges Forschungsarbeit zu beurteilen. Doch er hat nichts zu befürchten. Wir haben nichts zu … Sie schaut auf und sieht sich selbst im Firnis der Vitrine. Sie sollen entscheiden, denkt sie, ob er sich seines Lehens noch immer verdient macht. Sie fährt mit dem Finger über den Firnis, in dem ihre Wange weiß geflammt erscheint. Sich seines Lehens verdient macht … durch seine Forschung.

Oben in der Kammer wirft Tyge hastig einen Blick in den Spiegel. Sein roter Bart leuchtet, die Metallnase glänzt, und seine Augen sind äußerst klar und hell. Er hängt sich die Medaille des Königs um und verlässt das Zimmer, um die Männer in Empfang zu nehmen.

Bereits lange bevor sie seine Züge erkennen können, lächelt er ihnen breit entgegen. Ihre Gesichter sind gräulich weiß oder gelb, eingerahmt von undeutlichem Bartwuchs. In der Mitte der Gruppe geht der mächtige Branting. Irgendetwas lässt Tyges Herz zusammenkrampfen. Ein Windstoß bewirkt, dass Tränen unter seinen Lidern hervordringen und aus den Augenwinkeln rinnen. Als sie sich auf dem Pfad begegnen, ruft er: »Liebe Freunde! Welch herrlichen Tag Ihr gewählt habt!«

Er kennt die meisten von ihnen. Mindestens zwei von ihnen haben an Ostern oder Danksagungstagen auf dem Brahe'schen Besitz in Knutstorp oder Tosterup gehockt und sich mit roten Gesichtern die Kehle freigehustet.

Den sieben Männern ist die Überraschung anzumerken. Sie kennen schließlich Tyges Stimmungen und hatten Feindseligkeit erwartet. Angesichts seines gastlichen Tons sind sie deutlich erleichtert. Ihre verkrampften Schultern lösen sich und die Stirn wird glatt beim Anblick von Tyges breitem Lächeln. Er erklärt, nach dem Rundgang würde sie in Uranienburgs großem Sommerspeisesaal reichlich Branntwein und Rheinwein erwarten. Braten von Hvens eigenen Damhirschen lägen über der Glut und die großen Schüsseln seien angefüllt mit Hackfrüchten. Seine Stimme ist stark und klar, doch als er den Arm schwenkt und sie auffordert, ihm zu folgen, schlägt sein Herz so heftig, dass er um sein Leben fürchtet. Branting ist seinem Blick noch immer nicht begegnet, hat unentwegt an ihm vorbeigeschaut.

Tyge führt die Gäste nach Sternenburg, wo er ihnen seine wissenschaftliche Arbeit vorführen will. Doch noch bevor sie dort angekommen sind, hält die Gruppe inne. Tyge lässt sich seine Zufriedenheit nicht anmerken. Sie sind von selbst stehen geblieben, denkt er, als sie den Merkur zu Gesicht bekamen. Die mechanische Messingfigur verbeugt sich tief, legt die Hand an die Stirn und richtet sich wieder auf. Beginnt dann, nackt und golden glänzend, ihren langsamen Tanz über den grasbewachsenen Hügel, der das Dach von Sternenburg bildet. Die Männer aus Kopenhagen haben vor Verblüffung die Augen aufgerissen. Tyge presst seine Hände gegen die Schenkel, um die Männer nicht merken zu lassen, wie sehr sie zittern. Verstohlen schaut er zu Branting hinüber, ohne irgendeine Reaktion feststellen zu können.

Sie steigen die Stufen mit den Inskriptionen in lateinischer, griechischer und dänischer Sprache hinab. Im Hypokaustum sitzen einige der herausragendsten Studenten am Tisch und übertragen die Beobachtungen der Nacht fein säuberlich in Zahlenreihen. Tyge verweist auf die Uhrwerke mit den drei Zeiteinheiten und führt die Gesellschaft dann durch die verschiedenen Räume, in denen, geölt und dunkel glänzend, die Instrumente stehen. Er lässt die Jungen die Dachplatten hin und her schieben und zeigt auf die Schatten, die in das Visier fallen. Er erklärt, wie man die Sterne durch die einzelnen Öffnungen zu sehen habe.

Die Männer sprechen murmelnd miteinander, und schließlich wendet sich Gyldenstern an Tyge und sagt: »Das alles ist sehr gut, doch wünschen wir einen Beleg für die wissenschaftliche Arbeit. Die Wissenschaft, Tyge, wie weit seid Ihr damit gekommen?«

Tyge nimmt seine Tabellen zur Hand und erwidert mit leicht zitternder Stimme: »Hier könnt Ihr teilhaben an meiner Argumentation, dass sich die Wandelsterne jenseits des Mondes bewegen. Ebenso die Kometen. Bislang galt schließlich die allgemeine Vorstellung, dass im Raum der Fixsterne, der jenseits des Mondes liegt, nichts umherwandern könne. Ich beweise das Gegenteil. Darüber hinaus«, er blättert in den Papierbögen, »lege ich den Beweis dafür vor, dass die Sonne sich in größerer Entfernung von der Erde befindet als der Mond.«

Die Männer starren auf die Zahlenreihen und Tyge sagt leise: »Derart viele Ziffern mögen in einem Zug vielleicht schwer zu überblicken sein. Daher bitte ich darum, einige Exemplare meines neuen Buches überreichen zu dürfen. Es handelt von den Kometen und den Planeten.«

Die Gäste erhalten die kleinen, schönen Bände, die mit Golddruck versehen und in Leder gebunden sind.

»Übrigens in meiner eigenen Druckerei gefertigt. Selbst die Druckstöcke und die Kupferplatten für den Druck sind hier auf Hven entstanden.«

Vorsichtig befühlen die Männer die Seiten und nicken zustimmend angesichts des kostbaren Präsents.

»Und ein paar Exemplare von *De Nova Stella*, über den neuen Stern in der Kassiopeia, den ich entdeckt habe.«

Tyge erklärt ernst: »Gott fügt noch immer Dinge hinzu, die Schöpfung ist noch nicht vollendet.«

Er geleitet die Männer erneut ins Hypokaustum, um seine neue Entdeckung zu zeigen. Mithilfe des großen Globus kann er den Lauf des Mondschattens vorführen und dessen Variation deutlich machen. Eine geringe Variation. Er stellt dar, wie und wann die Unregelmäßigkeit auftritt. Branting, der Wichtigste von allen, war bislang passiv im Hintergrund geblieben. Mit seinen schwarzen buschigen Brauen, die seine Augen beschatteten, hatte er dagestanden und zu allem geschwiegen. Jetzt aber murmelt er: »Groß, wahrhaftig groß ...«

Brantings Blick begegnet dem seinen. Reine Freude lässt sich daraus ablesen. Branting ist so außer sich vor Erregung, dass er die Hände hebt und zu applaudieren beginnt. Seine Wangen glänzen, er spendet immer weiter Beifall; und die anderen beginnen zu lachen und klatschen darauf ebenfalls in die Hände. Tyge steht dort mitten unter ihnen, atmet heftig und fühlt etwas in sich aufsteigen, eine Welle erhebt sich, brandet über die Ufer: Er kommt seinem Ziel näher und näher.

Sie essen und trinken, jeder Vorbehalt ist ausgeräumt. Jetzt gibt es nur noch Freundschaft und Versprechen. Sie geloben, sich für die Wichtigkeit von Tyges Arbeiten zu verbürgen, nicht allein vor König Fredrik, sondern vor der ganzen Menschheit. Sie schämen sich des kleinlichen Denkens gewisser Personen, die sie gezwungen hatten, nach Hven zu reisen und eine Art Vogtamt auszuüben; doch nun, ja, nun wisse man, dass das, was Tyge hier tue, nicht seinesgleichen habe – welche Ehre es doch für Dänemark sei!

Tyge steht mitten unter ihnen, den Becher erhoben. Er lächelt und lacht glucksend, das Brennen in der Lendengegend meldet sich, streckt eine Klaue aus und reißt leicht in seinem Leib, doch er lässt sich nichts anmerken, nimmt nur vorsichtig Platz. Er schaut durch die Fenster des Sommerspeisesaals, sein Blick gleitet über Hügel und Wälle, und er meint, Kirsten weit entfernt am Wasser entlanggehen zu sehen. Vielleicht klug von ihr, denkt er, sich an einem Tag wie diesem fern zu halten.

Dann ruft Tyge Jeppe herbei, den viel gerühmten Zwerg, dessen Voraussagen häufig eintreffen. Jeppe taucht in der Tür auf, doch weigert er sich, die Flöte zu nehmen, die Anders, der Knecht, ihm hinhält. Er sagt leise, er sei müde, und geht direkt zu Gyldenstern, streicht ihm über den Bauch, schaut ihn so lange an, bis dieser ihm ein Geldstück reicht, daraufhin verlässt er das Zimmer. Ein kurzes Schweigen tritt ein, als alle im Raum den verblüfften Gyldenstern betrachten. Dann brechen sie in Lachen aus.

In der Hand die Becher und mit Körben voller Speisen geht die Gesellschaft zurück zum Kutter. Sie haben dem Wein kräftig zugesprochen und die Stimmung ist fröhlich. Die Mägde mit den Krügen laufen den ganzen Weg neben den Männern her und schenken unablässig nach. Als das Schiff Hven verlässt, nehmen die Herren Platz. Tyge sieht, wie sich Gyldenstern lächelnd über den Kopf streicht. Doch Branting steht noch immer aufrecht und schaut Tyge voller Ernst an. Als das Schiff in dem leichten Dunst schon fast verschwunden ist, hebt der Mächtige die Hand und winkt ihm zu. Im selben Augenblick spürt Tyge ein Zittern in den Beinen. Er sinkt am Strand nieder und Wein rinnt ihm über den Ärmel. Er schlottert am ganzen Leib. Grau, ruiniert, verloren. Jetzt habe ich mich entblößt. Alle meine Geheimnisse sind enthüllt. Verloren, verloren. Jetzt bin ich ganz nackt.

Entsetzliche Leere überkommt ihn: Er fühlt sich entwürdigt, weil er jemandem – gleichviel um wen es hier ging – gestattet hat, in seine perfekte Welt hier auf Hven einzudringen. Er denkt, alles, was auf der Insel geschieht oder eintrifft, stört meine Symmetrie, bringt mich um meine Arbeit, verlangt Kompensation. Ich brauche Ruhe und Frieden.

Der Kopf sinkt ihm auf die Brust und er beginnt zu weinen. Verbirgt das Gesicht in den Händen. Nach einiger Zeit atmet er gleichmäßiger und denkt: Ich habe doch Sternenburg. Ich kann mich jederzeit dorthin begeben. Und er schließt die Augen, öffnet die Pforte, steht im Vestibül, steigt die Treppe hinab und betritt das Hypokaustum. Stellt sich vor, wie ihm die Wärme des Ofens entgegenschlägt. Die Uhren ticken und auf dem Tisch liegen die Tabellen ausgebreitet. Dort oben, über den Kupferklappen, wartet der Tierkreis, warten die Bilder, die Ordnungen. Als Erster Tyge, flüstert er, dann Kirsten, Kirstine, Magdalena, Elisabeth, Sophie, Klaus, Klein Tyge, Sidsel und Jörgen.

Er folgt dem Weg um das Schloss, hin zu dem gemauerten Wall, in dem eine niedrige, schwarze, mit Eisen beschlagene Pforte sichtbar wird, zugesperrt mit Kette, Riegel und Hängeschloss. Die Tür ist kaum meterhoch, befindet sich zu ebener Erde. Es ist der Eingang zum Dunkelkeller. Langsam streicht Tyge über das gebrannte Holz und über die Eisenbeschläge, die die dicken Bohlen zusammenhalten. Dann zieht er den Schlüssel hervor, schließt auf, hebt Riegel und Kette ab. Die Tür muss aufgequollen sein. Ihm bleibt nichts anderes übrig, als den Fuß gegen die Wand zu stemmen und zu ziehen, um die Tür aufzubekommen. Dünste steigen aus dem Inneren und legen sich um ihn, als würde das Kellerdunkel hier draußen sofort in Gestank verwandelt. Das Tageslicht, das kaum in das Loch vordringt, blinkt in den Augen der gefangenen Männer, zeigt ihre gefurchte Stirn und die erhobenen Unterarme. Anders schleppt die Kerle nach draußen und sie brechen zitternd auf dem Kies zusammen. Um den Mann der Bauersfrau, jenen, um dessen Freilassung das Weib gefleht hatte, ist es schlecht bestellt. Schorf bedeckt Mund und Ohren. Tyge hockt sich neben die Männer und tippt sie an.

»Ihr seid frei«, flüstert er. »Geht jetzt heim zu eurer Familie. Ihr seid aus dem Dunkelkeller entlassen.«

Sie starren den Schlossherrn ohne Hass an. Nur Schmerz und Kraftlosigkeit ist in den hellen, ausgeblichenen Augen zu finden. Er schaut auf ihre kahlen, schmutzverschmierten Köpfe, spürt den Uringestank, der sie umgibt, betrachtet ihre eitrigen Fußsohlen und fiebrigen Körper.

»Ja, ihr könnt jetzt alle nach Hause gehen.«

Sie scharren im Sand, versuchen aufzustehen. Er bedeutet Anders, ihnen zu helfen. Der Knecht hebt sie hoch, doch sobald er loslässt, fallen die Männer wieder zu Boden. Sie murmeln etwas in ihrer Rübensprache, es ist unmöglich zu verstehen. Tyge fühlt Verzweiflung aufsteigen: Ist Gutes zu tun so mühsam und qualvoll? Muss ich das hier sehen, denkt er, ihre Störrischkeit und Hilflosigkeit miterleben? Er steht auf und weist Anders an, dafür zu sorgen, dass sie heimkommen. Dann dreht er sich auf dem Absatz um und geht nach Sternenburg. Sein Herz klopft wie rasend, ist voller Unruhe. Kann ich denn, fragt er sich, nicht gut sein? Muss ich aufbrausend und zornig sein? Er weiß, dass seine eigene schlechte Stimmung die Ursache dafür gewesen war, dass die Männer im Dunkelkeller landeten. Sein Verdruss hatte ihnen die Wunden am Körper zugefügt. Tyge sieht vor sich, wie die bleichen Männer in ihren feuchten Lumpen aus der Finsternis kriechen. Sieht ihre gefügigen Augen. Sie hatten ihm keinen Widerstand entgegenzusetzen. Den hatten sie von Anfang an nicht gehabt. Er hätte es verstehen müssen. Kirsten hatte es ihm gesagt, doch er hatte nicht auf sie hören wollen. Er denkt: Nur Aufruhr und Chaos habe ich gesehen, die Bedrohung des perfekten Universums, das ich hier baue, auf der Insel Hven mitten im Öresund.

Seine Füße sinken in den nassen Boden ein.

✷

Er hatte die Reisekleidung angelegt, das Medaillon um den Hals gehängt und es auf der Brust zurechtgeschoben. Er hatte das Schwert umgeschnallt und wollte zum Hafen hinuntergehen, um den Kutter zu besteigen – alles war bereit gewesen, als ihm die Männer im Dunkelkeller einfielen. Er hatte sich gesagt, dass die Kunst des Guten darin bestehen müsse, diese Bedauernswerten, diese armen Teufel freizulassen. In jenem Moment erschien ihm diese Angelegenheit so ungemein viel wichtiger, als von hier wegzufahren, wegen der Obliegenheiten herumzuscharwenzeln. Er ist sich gewiss, dass es Kirsten froh machen wird. Kein Tag ist vergangen, an dem sie ihn nicht gebeten hätte, die Bauern auf freien Fuß zu setzen.

*

Kirsten steht in ihrem Gemach. Sie kleidet sich mit Sorgfalt an. Schließlich wollen sie zum Gottesdienst gehen. Sie hat gehört, dass der Besuch der Herren für Tyge zum Triumph geworden ist. Dass die Gesellschaft die Insel unter Jubel und Beifall verlassen hat. Aber Kirsten lässt sich nicht täuschen. Sie weiß, es kann sich nur um einen unbedeutenden Aufschub handeln. Sie denkt an den mächtigen Branting, sieht die violette Farbe des Kleidungsstückes, das sie in der Hand hält, und plötzlich weiß sie, dass Branting sterben wird. In nur wenigen Jahren wird er das Zeitliche segnen, und nach ihm gibt es keinen mehr, der sich auf Tyges Arbeit versteht. Brantings Tod wird der Erdrutsch sein, der den endgültigen Absturz für sie beide einleitet. Ich habe doch nie mit etwas anderem gerechnet, denkt sie. Wer arm geboren ist, stirbt auch arm. Aber die Kinder. Sie haben nur im Wohlstand gelebt. Nie gehungert. Für sie wird es schwer werden. Für sie und für Tyge. Vielleicht nehmen meine Eltern uns auf. Wenn die Bauern uns nicht vorher umbringen. Es genügt, denkt sie, dass Kopenhagen den kleinsten Stein ins Rollen bringt; dann werden sie das Haus erstürmen und uns die Köpfe abschlagen. Er hat zu viele in den Dunkelkeller gesteckt. Hat sie zu heftig auspeitschen lassen.

Nun also, denkt sie, es wird bald zu Ende sein. Doch noch kann ich mich am Reichtum erfreuen. Sie betrachtet das Licht, das durch die staubige Scheibe dringt, und beginnt sich langsam und würdig, fast so, als spiele sie nur die vornehme Dame, durchs Zimmer zu bewegen. Ihr Blick gleitet über die mit Rosen bestickten Kissen auf den Eichenstühlen, streift den Kupfertisch mit den Schönheitsmitteln, die schweren Vorhänge des Baldachins über dem Bett und verweilt beim Anblick der dicken Firnisschicht auf dem Nähkästchen, in die Intarsien aus Italien eingelassen sind: eine Schar Vögel, die aus dem Nest auffliegt. Sie betrachtet ihr Gesicht in dem Dunkel des Spiegels, und ihr fällt ein, dass jenes Selbstporträt von Kopernikus, das in der Bibliothek hängt, mithilfe eines Spiegels gemalt worden ist. Sie mustert sich selbst. Das weiße Oval ihres Gesichts schimmert im Glas und das dunkle Haar liegt glatt unter der Haube. Langsam streicht sie mit der Hand über den violetten Seidenstoff des Kleiderärmels. All das, denkt sie, habe ich, Kirsten Jörgensdotter, besessen. Aber vielleicht hat es mir dennoch niemals gehört.

Plötzlich klopft es zweimal an der Tür, und Tyge tritt herein, lächelnd und mit roten Wangen. Sie sieht, dass er die Reisekluft angelegt hat, der Geruch des Truhenbodens schlägt ihr aus dem Samt entgegen. Er erklärt ihr, dass er sich nicht auf den Weg gemacht habe, um seinen Obliegenheiten nachzukommen, sondern stattdessen etwas weit Wichtigeres erledigt habe. Er habe ihr gehorcht und endlich den Rest der Bauern aus dem Dunkelkeller entlassen. Trotz dieser Nachricht kann sie weder lächeln noch nicken. Sie wartet, bis er zu Ende geredet hat und still vor ihr sitzt. Da greift sie nach ihrer Silberdose, öffnet den Deckel, rollt aus der klebrigen Masse eine große schwarze Kugel, öffnet den Mund und legt sie sich deutlich sichtbar auf die Zunge.

Tyge steht auf dem Schlosshof. Er schaut an sich hinunter und weiß nicht, was er tun soll. Alles ist alt, denkt er. Meine Füße auf der Erde, die Umrisse der Schultern vor dem flachen, weißen dänischen Winterhimmel, das langsame Wogen der Getreidefelder im Sommer. Jetzt liegt Kirsten ohne Ehrbarkeit und Scham danieder. Er schließt die Augen und vermeint zunächst ihre Wollust, danach ihr jammerndes, leises Weinen zu vernehmen. Dung und Lehmerde unter uns, denkt er. Dann macht er kehrt und geht wieder ins Haus zurück, nachdem er sich gelobt hat, ihre Kammer nicht zu betreten.

✳

Sie lutscht an ihrem Kleid, an der rauen Seide und nimmt das Hämmern an der Tür kaum wahr, lacht nur, als plötzlich ein rothaariger Mann mitten im Zimmer steht. Sie kichert über seine Verzweiflung, die ihr wie ein Maskenspiel vorkommt, eine Vorstellung, in der man grotesk übertriebene Gefühle darbietet. Sie sieht Tränen über seine Wangen laufen und hört eine jammernde Frauenstimme im Zimmer.

Dann hält er ihre Taille umfasst und sie bemerkt ihr Erbrochenes als grüne Schicht auf dem Boden des Eimers. Unerträgliche Kopfschmerzen plagen sie, durch den Schweiß ist ihre Haut kalt und glatt. Sie murmelt, tastet nach Tyge, der ihr schweigend den Mund abwischt.

Als es ihr Stunden später gelingt, den Blick zu heben, sieht sie, wie sternklar die Nacht ist; sie ist von jener Art, die Tyge seine besten Beobachtungen beschert. Dennoch sagt er kein Wort von Arbeit oder der Zeit, die sie ihm wegen der Drogen bereits gestohlen hat.

Uranienburg, im Jahre 1588

Der Junge rennt den ganzen Weg vom Bootshafen zum Schloss hinauf. Er schreit nach dem Edlen Herrn. Einmal rutscht er auf dem Pfad aus und steht verwirrt auf, plötzlich aus dem Takt gekommen. Dann nimmt er Uranienburg von neuem ins Visier, läuft wieder los und ruft abermals.

Kirsten und Tyge, die beim Mittagsmahl gesessen haben, eilen ans Fenster, um zu sehen, was los ist.

Der Junge steht bebend mitten im Saal. Er ringt immer noch nach Atem. Mit pfeifenden Lungen überreicht er ein dickes, gerolltes Dokument, das er unter dem Kittel getragen hat. Tyge nimmt das Schreiben entgegen und sieht, dass es das Siegel der Brahes trägt. Es ist eine Botschaft aus Kopenhagen, von Tyges Mutter, Beate Bille.

Er liest leise für sich und schaut dann Kirsten an: »König Fredrik II. ist verstorben, 54 Jahre alt, in seinem 29. Regierungsjahr. Er ist auf Schloss Antorvskov in Seeland dahingegangen. Die sterbliche Hülle des Regenten soll in den Dom von Roskilde überführt werden. Der junge König Christian IV. wird unter einen Regentschaftsrat gestellt.«

»Deine Obliegenheiten«, flüstert Kirsten, »die Kapelle …«

Sie weist die Magd an, dem Jungen Essen zurechtzumachen, und als er verschwunden ist und sie mit Tyge allein im Saal zurückbleibt, wird sie von ihrer Angst eingeholt: Jetzt werden alle sehen, wie verwahrlost die Kapelle ist.

✳

Mitten in der Nacht taucht Tyge überstürzt aus den Fluten des Traums auf, er gleicht einem aus dem Wasser gezogenen Fisch. Das Hemd über der Brust ist aufgerissen. Die rötliche Haut ist schweißnass und ihn fröstelt. Ein Albtraum, denkt er. Es war ein Albtraum. Er tastet um sich, findet aber den Nachttisch nicht. Alles, denkt er, ist viel zu still. Das Wasser wartet niemals, es bewegt sich völlig unvorhersehbar. Endlich bekommt er die Lampe zu fassen und steckt das Licht an. Die Flamme erhebt sich mit leise pfeifendem Laut. Tyge schaut sich im Zimmer um. Die Steinmauern der Wände. Die Geweihe der Damhirsche im Laubwerk auf dem Wandbehang. Die Asche des verbrannten Holzes. Die Flamme hebt und senkt sich, wirft Schatten und holt ihn wieder zurück. Greift zu und lässt los. Aber meine Hand, fährt er in Gedanken fort, wird sich über die Kluft zwischen Altem und Neuem strecken. Sie wird es tun. Ich werde meine Hand sehr weit in jenes ausstrecken, das sich andernorts befindet, und so werde ich nicht nur Gottes eigenes Wesen, sondern auch meine toten Kinder berühren.

Was in Dunkelheit, Schlamm und Schlick am Grund des Gewässers versunken ist, so denkt er, um sich zu trösten, werde ich ohne Angst wiederfinden. Ich werde die strahlenden Sterne aus der inhaltslosen Finsternis hervorholen. Er sieht Kirsten vor sich, ihre weiße Stirn im Schlaf.

Tyge stellt die Lampe zurück auf den Nachttisch und versucht den Weg zu jenen Gedankenspielen zu finden, die ihn Kirsten gelehrt hat. Ihm ist, als würde er ein Lied rezitieren: Mars, gemacht aus Eisen. Sonne aus Gold, Mond aus Silber. Das ist klar und logisch. Schatten und Licht hängen zusammen wie Frau und Mann. Doch dann fällt ihm ein, dass König Fredrik tot ist, und die Ruhe ist aufs Neue dahin. Er spürt ein Prickeln in seinen Händen. Sie sind eingeschlafen. Tyge betrachtet sie im Dunkeln. Ihre Leere und Erschöpfung. Auf der roten Handfläche verlaufen die Linien kreuz und quer. Er möchte weinen. Arme Spinnen, denkt er, Forken, Werkzeuge. Ich bin aus den vier Elementen erschaffen. Den vier Elementen und dazu aus Heu. Wie schwach dieses Ich doch ist, so voll von Schmerz. Welch kleinen Punkt es darstellt. Es ist, denkt er, nur ein Ort. Nichts anderes als ein Ort.

Er schlingt das Deckbett um sich, erhebt sich und stellt sich ans Fenster. Steht dort und wartet. Nach einiger Zeit sieht er, wie das Meer den Himmel langsam anhebt. Stille, in alle Richtungen zerstiebende Lichtspiele. Dämmerung. Große, knarrende Schiffsrümpfe. Träger des Wasserhimmels. Tyge legt die Stirn an die Scheibe. Ich will nicht verloren gehen wie der Tag in der Nacht. Oder die Nacht, ausgegossen in den Tag – austauschbar, alltäglich. Wie der Samen der Hunde in den Weibchen. Er starrt auf den Himmel, der gleich einer Wand aufs Meer hinunterreicht. Der Himmel, denkt er, zeigt uns die Zeit. Der einzige Weg, der mich zu Beständigkeit führen kann, ist der, selbst die Zeit zu bestimmen. Herrscher ist jener, dem es möglich ist zu verstehen. Und ich –, der Herrscher – jener, der versteht –, sitze in Sternenburg.

Jetzt ist es so hell geworden, dass unten am Wassersaum das Röhricht aus dem nächtlichen Dunst hervortritt. Algenbewachsene Steine warten geduldig am Landesteg, Welle auf Welle überspült sie. Tyge kehrt zum Bett zurück und legt sich nieder. Er liegt ganz still und hört sein Herz hämmern. Ich muss meine Geheimnisse bewahren, denkt er. Ich bin es, der das Meer zum Rollen bringt, die Vögel trägt, der in Kirstens Kammer tritt und sie lebendig hält. Der, verborgen in den Gliedern der Magd, dem Hasen das Fell abzieht, der den Bauern beseelt, welcher nach der Brechstange greift und den Stein vom Acker wälzt. Ich bin es, der alles existieren lässt. Denn ich bin jener, der alles von seinem Platz in der Mitte der Schöpfung betrachtet. Ich habe den neuen Stern in der Kassiopeia entdeckt, habe die schemenhafte Unregelmäßigkeit der Mondbahn bestimmt. Ich habe gefunden, dass Fixsterne und Kometen sich außerhalb des Mondkreises bewegen. Ich verfasse einen Katalog über die Sterne und werde den ganzen Sternenhimmel im Theatrum Astronomicum umschreiben.

In der Kammer ist es still und noch immer dunkel. Der Wind hat zugenommen und drückt nun recht heftig gegen die Scheibe. Die Wellen rollen heran und brechen sich in den Dünen. Die Himmelskörper wandern in der Atmosphäre. Unten im dunklen Sand des Bodens erstrecken sich die Wurzeln und trinken Wasser, dort liegen die Samen und warten. Alles wird gehalten, wird gehalten in seiner Ordnung. Tyge schließt die Augen. Wenn man ihn nur nicht stört, ihm nur seinen Frieden lässt. Der Schmerz schwillt an. Klingt ab. Kehrt zurück. Schlimmer und schlimmer. Ich habe so große Angst, denkt er, dass ich nicht fertig werden könnte. In einem feuchten Schloss, einem feuchten Schloss in der Dunkelheit.

*

Es regnet. Und regnet immer weiter. Die Zeit prasselt auf den schlammigen Lehm herunter, plätschert und fließt. Lehmzeit, Schmutzzeit, Torfzeit. Er steht am Fenster seiner Kammer. Der Blick ist ohne Schärfe, doch plötzlich wird er von einer Schaluppe eingefangen, die auf den Wellen schaukelt. Die Männer, die das Schiff mit einer Persenning abzudecken suchen, bewegen sich schwerfällig übers Deck. Die Gedankenkette, der er gefolgt war, entgleitet ihm. Irgendetwas am Rand seines Bewusstseins schließt sich. Draußen, auf dem Lehen Hven, liegen die Rüben in langen grauen Reihen unter dem Regen, gleichen Nähten an Gewändern und Röcken. Und dort oben, über dem Kupferturm von Uranienburg, liegen Sterne in ebensolchen Furchen. Ist alles bereits bestimmt? Tyge hat das Verzeichnis über den Regentschaftsrat des jungen König Christian gelesen. Darin sitzen Freunde, aber auch Feinde. Branting ist dabei. Und Jörgen Oxe. Sein eigener Bruder Axel Brahe gehört der Regierung an. Aber auch Peder Sörensen, der Leibmedikus, der Tyge hasst, seit Kirsten ihre Siechenstube betreibt. Und – Tyge streicht sich unwillkürlich übers Gesicht – Manderup Parsberg. Jener Edelmann aus Jütland, der ihm vor langer Zeit die Nasenspitze abgeschlagen hat. Jetzt ist Parsberg Reichsrat und auch Diplomat. Tyge steht bewegungslos und überlegt. Es erscheint mir unmöglich, denkt er, an einem anderen Ort zu sein als hier. Unmöglich, mich nach Kopenhagen zu begeben. Um meinen Platz zu verteidigen? Er flüstert in den Raum hinein: »Aber das ist doch ohne jedes Interesse …«

Warum, sinniert er, sollte ich woanders sein als hier? Er sieht, wie das Wasser die Kupferdächer von Sternenburg im Gras erglänzen lässt. Der Merkur steht unter einer dicken Stoffhülle verborgen. Der Wind ist so stark, dass das starre Bündel erzittert.

Juni

Die Jahreszeiten eilen dahin, wechseln fließend von einer zur anderen über den Feldern und den Bauern, schließen die Samen im frostigen Boden ein oder befreien sie in Sonne und aufgelockertem Lehm. Reichen einander über dem Abgrund zwischen Tag und Nacht die Hand, bilden den Bogen, der das Lose, Schreckliche bannt.

Dann kommt endlich die Wärme, und die Schriften und stockfleckigen Wandbehänge in seinem unterirdischen Schloss trocknen und werden wieder fest. Alles hat seine Ordnung, denkt Tyge, während er zum Wall hinuntergeht. Er schaut nach Nordwesten, wo der Leuchtturm von Kullen ohne Licht aufragt. Ich will nicht, geht es ihm durch den Kopf, ich habe nicht die Zeit, mich mit dem aufzuhalten, was von niederer Art ist als ich. Mögen die Diener bannt.

✳

Er steht im Wind auf dem Wall und sieht, wie sich der Himmel in Schichten auflöst. Es ist, als wären seine Augen allzu scharf. Sein Blick durchdringt verschiedene Arten Luft. Zuerst ist sie massiv, danach duftig und schließlich erneut kompakt. Wie die erste Lage Sterne aussieht, weiß er genau: Sie sind deutlich und gut bekannt. Dann aber ist man gezwungen, den Blick zu verlagern oder ihn vielmehr auf einen anderen Punkt einzustellen. Dann sieht man die nächste Schicht – jene Sterne, die halb verdeckt sind. Schließlich folgt das Schwierige. Die okkulten Sterne.

Die in der dritten Reihe stehen, ihr Licht ist nur ein Flüstern, so fern und still, dass ihm die Augen schmerzen. Tyge schaut auf den Strand hinunter. Möwenfedern wirbeln über die Steine. Vogelschreie und leere, blicklose Augen. Ausgetrunkene Eier in den Uferspalten. Meeresgischt um die Holzpfähle der Landebrücke. Nebel rollt von Westen heran. Draußen im Sund rufen die Bootsknechte mit schweren, seltsam hölzernen Stimmen. Ruder schlagen gegen Eichenrümpfe, Wasser plätschert. Zappelnde Fischkörper werden aus unsichtbaren Netzen gezogen. Der Nebel rollt wie ein gewaltiges Rad über Tyges Scheitel. Unversehens steht er in einem leeren, ihn dicht umschließenden Raum. Nicht einmal das Feuer des Leuchtturmwärters von Råå ist zu sehen.

Er liest die Aufzeichnungen über seinen Traum der vergangenen Nacht: »Und die Sonne teilte sich und ihre Hälften glitten auseinander, und darinnen wurde der Himmel weggezogen wie ein wunderbarer Vorhang, und es zeigte sich ein weiterer Himmel, von dunklem Blau gleich dem ersten.«

*

Er ist ins Haus gegangen. Steht in seiner Kammer. Richtet sich auf. Drückt den Rücken durch. Die Zeit, in der ich lebe, denkt er, ist breit. Wie ich selbst. Er betrachtet sich im Spiegel. Der Kinnbart streift raschelnd über den Seidenkragen. Die Füße zeigen nach vorn, die Hände sind zur Seite geführt und die Ellenbogen weisen symmetrisch nach außen. Das Gesicht schaut geradeaus. Die Handflächen liegen bloß, die Augen blicken ruhig und starr – wie bei einem Porträt –, so steht die Zeit still. Nein, berichtigt er sich, sie verschiebt sich. Doch nur ganz wenig, unmerklich, gleich fließender Steinmasse. Sie verengt sich nicht, eilt nicht. Die Zeit, denkt er, in der ich lebe, ist breit. So wie ich.

Seine Aufzeichnungen liegen ausgerollt auf dem Schreibtisch. Die Schriftzeichen reichen von Papierrand zu Papierrand. Aufstellungen, mathematische Definitionen, Beobachtungen. Sein Blick begegnet dem Bild im Spiegel. Als ich geboren wurde, denkt Tyge, hatte ich auf dem ganzen Kopf rotes dichtes Haar. Die Nase war stumpf und die Augen waren hell und scharf. Man war der Ansicht, dass rote Haare auf Wildheit hinwiesen. Helle Augen auf Eigensinn. Auf Grausamkeit, sagte Mutter.

Er setzt sich hin. Der Schmerz meldet sich im selben Augenblick. Er beugt sich zitternd nach vorn, legt den Kopf auf den Tisch, lässt die Wange am Unterarm ruhen. Aus dem Stoff der Kleidung steigen kribbelnde Staubpartikel und Parfümdüfte auf. Die raue Kälte des Steinbodens dringt durch die Ledersohlen und ist bis in die Beine hoch zu spüren. Tyge schließt die Augen. Da ist Mutter Beate. Ihr Gesicht. Und dort ist Knutstorp. Das Dach, die Schornsteinklappen, die Türme. Die bleigefassten, schwarz glänzenden Fenster. Hohe Giebel aus buckligem rotem Backstein. Tyge erinnert sich: Obgleich es ihm bei seinen Zieheltern Jörgen und Inger Oxe wohl ergangen war, hatte er unentwegt Sehnsucht nach Beate auf Knutstorp verspürt. Der weiß Schimmernden, Redseligen. Mit dem Silberkreuz in der Halsgrube und dem Seidenmieder, durchwirkt mit Gold- und Silberfäden.

Seit Tyge auf Hven lebt, sind zwischen den Besuchen auf Knutstorp stets viele Jahre vergangen. Obgleich jener Ort nicht weit entfernt liegt. Doch kann er, jedes Mal wenn ihn die Lust dazu überkommt, in Gedanken dort umherspazieren, am Fuße der dunklen Hügelkette des Söderåsen.

Er schließt die Augen. Wandert mit Betel, seiner Amme, durch Waldgebiete, die unter ihren Birken, Buchen und Kiefern uralte dunkle Torfmoore und überwucherte Weidegründe verbergen. Kräftige Düfte nach Hahnenfuß und Baumpilzen, gärenden Wasserläufen und Tierlosung erfüllen diesen fruchtbaren Ort, von dem man sagt, seine Äcker würden die besten Ernten Dänemarks hervorbringen.

Im Winter, so erinnert er sich, ging sie mit mir auf den Hofplatz, hob mich in die Luft und ließ mich durch die Schneeflocken wirbeln. Da waren die Moore mit Eis bedeckt, und der Wald stand schwarz und starr unter den Schneemassen. Da war die Hügelkette eine Wand, eine Mauer, die uns von der Welt trennte.

Als er noch ganz klein war, fütterte ihn Betel zuweilen mit Süßem und danach durfte er ihre Finger ablecken. Sie kämmte ihm stets das Haar, wenn er an ihrer Brust saugte.

Von Tosterup weiter im Süden bei Jörgen und Inger erinnert er sich nur an die Dunkelheit in der Scheune, an das Stampfen der ungeduldigen Kühe, die Mahd und wie die Spreu in gelben juckenden Wolken aufstieg.

*

Seit einiger Zeit liegt Fredrik II., sein wohlwollender Beschützer, in der Grabkapelle von Roskilde. Und es ist allgemein bekannt, dass Junker Brahe sich so wenig um die königlichen Gräber kümmert, dass Unkrautgewächse bereits die Särge aufgebrochen haben und Gold und Orden an den Gebeinen bloßlegen.

Kirsten weilt in der Siechenstube, als sie erscheinen. Zwei Bauern warten vor der Tür, um an die Reihe zu kommen, und sie hält ein Kind auf dem Schoß. Die Mutter des Kleinen steht schweigend im Raum und beobachtet sie ängstlich, als sie dem Kind in den Hals sieht. Plötzlich verändern sich die Stimmen im Vorraum. Sie verstummen, die Tür wird aufgestoßen und ein Mann tritt herein. Hinter seiner Schulter sieht sie die Magd zu ihr hinschauen. Der Mann steht im Gegenlicht: Sein Gesicht ist nur eine dunkle Masse.

»Kirsten Jörgensdotter?«

Sie nickt und übergibt das Kind der Mutter.

»Bin der Sendbote der Krone. Peder Sörensen, königlicher Leibmedikus. Mir ist zu Ohren gekommen, hier werde sowohl Hurerei als auch Hexerei betrieben. Es ist die Pflicht des Königs, die Gründe für eine solche Anklage zu untersuchen.«

Er macht einen Schritt in den Raum. Kirsten kann seine Augen noch immer nicht sehen. Der dunkle Rock ist dick und starr vor Schmutz. Die Stiefel sind mit Lehm bedeckt. Ist er von Kopenhagen bis hierher geritten?, fragt sie sich. Quer durch das Wasser? Sie erkennt den Namen wieder, weiß, dass der Mann einer von Tyges Feinden ist. Erneut öffnet er den Mund und ein pfeifender Laut dringt aus seiner Kehle.

»Bist du es, die sich, wie man sagt, um die Heilung der Mittellosen kümmert?«

Sie nickt und fährt sich mit der Zunge über die Lippen.

»Ist dir nicht bekannt, dass Leute niederen Stands sich vor Edelleuten zu verneigen haben?«

Gerade will er einen weiteren Schritt auf sie zu machen, als sie sich erhebt. Dabei denkt sie, dass Tyge diesen Besucher im Rang ebenso viel überragt, wie sie unter diesem steht. Wäre es aber nur eine Frage des Rangs, denkt Kirsten, dann müsste jener Mann sich vor ihren Kindern verbeugen, die den Namen Brahe tragen. Der Besucher kräuselt geringschätzig die Lippen, als Kirsten sich verbeugt, lässt den Blick durch den Raum schweifen, starrt die verängstigte Mutter und ihr abgemagertes Kind an, macht kehrt und verschwindet. Nun sieht Kirsten, dass ein weiterer Fremder hinter dem ersten gestanden hatte. Die beiden Männer schlagen den Weg nach Uranienburg ein.

Kirsten bleibt wie angewurzelt im Raum stehen. Sie zittert viel zu sehr, als dass sie sich hätte bewegen können. Schweiß rinnt ihr über Gesäß und Schenkel. Die Magd macht ein paar vorsichtige Schritte auf sie zu. Sie schaut Kirsten an, ohne ein Wort zu sagen, und führt dann die Bauernfamilie aus dem Raum. Kirsten bemerkt gerade noch, wie die Bauersfrau ein Lächeln hinter vorgehaltener Hand verbirgt.

Sie geht in ihren Alkoven. Jetzt geschieht es, denkt sie wild, während sie den Deckel von einer der flachen, dunklen Silberdosen schraubt. Warum sind die Kinder gestorben, Kirsten? Sich in Seide kleiden, mit Pferd und Wagen fahren – ein Affe bleibt doch ein Affe. Sie rollt eine winzige Kugel aus der dunklen Masse und legt sie sich auf die Zunge. Die Gedanken fassen einander bei den Händen, ziehen andere mit, bösere, schlimmere. Ein Vers wirbelt ihr durch den Kopf: Der Unmut zwingt das Kind, das Kind zwingt die Mutter, die Mutter zwingt den Vater, der Vater zwingt den Unmut – der Unmut zwingt das Kind … Sie sitzt einen Moment reglos da und steht dann auf, um sich zum Schloss zu begeben. Zum Schloss, um dort zu sehen, wie sie beide zugrunde gehen, sie und Tyge. Werden die Männer Kirsten den Bauern ausliefern, die Tyge und ihr jede Missernte anlasten? Sie würden, denkt Kirsten, in Sternenburg einziehen, die Instrumente umstürzen, die Tabellen zerstören und alles zunichte machen. Sie räuspert sich, um die Gedanken zu unterbrechen, und wartet darauf, dass die Luft um sie herum an Rauheit verliert und milde wird.

Während die Kugel in ihrem Leib zu einem immer größeren Wärmeball anschwillt, streicht sie sich übers Haar, steckt die Haube sorgfältig fest, und als sie die Tür der Siechenstube zuzieht und sich auf den Weg nach Uranienburg macht, haben ihre Augen bereits einen eigenartigen Glanz.

Sie betritt den Saal und ist erstaunt, dass Peder Sörensen hier in dem großen Raum viel kleiner wirkt. Er sitzt zwischen die Seidenkissen gesunken und seine Beine reichen nicht einmal bis zum Boden. Sein Kompagnon steht am Fenster und trinkt ein Gläschen Rum, dreht sich ins Zimmer um und sagt langsam: »Es bereitete ja Christian großen Verdruss, die Kapelle in diesem betrüblichen Zustand erblicken zu müssen. Und das während der Beisetzung des alten Königs. Die Fensterscheiben waren zerschlagen, überall hingen Spinnweben über den Sarkophagen. Und die Vögel hatten ihren Kot auf Wappen und Tafeln hinterlassen …«

Er räuspert sich und sein Tonfall klingt verräterisch nachsichtig: »Ja, das Urteil der hierher entsandten Kommission muss in Zweifel gezogen werden. Der König fragt sich, wie Branting den Aufenthalt von Brahe auf Hven verteidigen konnte – darf man die Wissenschaft vor die Pflicht gegenüber der Krone stellen?«

Er verstummt, dreht sich wieder zum Fenster zurück und ruft aus: »Wirklich kunstvoll das …«

Kirsten sieht, dass die beiden Besucher Blicke tauschen. Tyge schaut verwundert vom einen zum anderen und wirkt dann erfreut: »Ach so! Mein Merkur …«

Dann versteht Tyge, was der Mann gemeint hat. Sein Gesicht läuft rot an, und Kirsten verspürt heftiges Mitleid mit ihm, als er sich räuspert und mit leiser, tonloser Stimme sagt: »Wenn ich meiner Freude über Euren Besuch mit einem kleinen Präsent Ausdruck verleihen dürfte … Ich werde in Auftrag geben, ihn abzumontieren …«

Die Stimme versagt ihm. Er schaut auf und Kirsten begegnet seinem Blick. Sie versucht zu lächeln, doch der Mund gehorcht ihr nicht. Tyge bittet sie: »Würdest du jemanden beauftragen, meine kleine goldene Figur abzunehmen?«

Mit lauter Stimme sagt der Mann am Fenster: »Nicht gerade schlechte Hunde, die Ihr, Brahe, da habt …«

Bevor Kirsten den Raum verlässt, sieht sie noch, wie die beiden Männer sich zugrinsen. Sie drückt die Fingerspitzen an die Ohren und eilt die Gänge hinunter, während das Schwindelgefühl zunimmt. Sie findet eine Magd und bittet sie, dafür zu sorgen, dass der Merkur und einer der Hunde an die Besucher übergeben werden.

Als die Tür zu ihrer Kammer hinter ihr zugefallen ist, begreift Kirsten, dass sie bereits gelallt hat. Sie fällt nicht sofort zusammen, aber ihr Körper ist weich und mürbe. Dann liegt sie plötzlich am Boden und das Gefühl, liederlich zu sein, verdrängt den Schrecken. Die Schamlosigkeit des schwarzen Kügleins hat sie immer verwundert und im Nachhinein hat sie stets Reue verspürt.

✳

Die Besucher sind wieder abgereist, um dem Regentschaftsrat von König Christian ihren Bericht hinsichtlich der Führung des Lehens Hven zu überbringen. Der eine von ihnen war Peder Sörensen, Leibmedikus und erbitterter Feind des Brahe, und der andere war Reichshofmeister Walkendorf, ein Edelmann, der stets nach dem fruchtbaren Hven und der Präbende von Roskilde getrachtet hatte. Walkendorf, der nun der Eigentümer von Rasmus war, hatte aufrecht auf dem Schiff gestanden und den knurrenden Hund an der Leine gehalten.

Tyge steigt nach Sternenburg hinunter und lässt sich schwer auf den Stuhl am Tisch fallen. Das Essen ist aufgetragen. Nur ein paar Kerzen brennen in den Wandnischen. Um ihn herum ist es still. Hier hört er keine ermüdenden Frauenstimmen, kein Schneiden und Klappern von Werkzeugen, kein Rufen. Er beugt sich vor und schaut auf den Teller. Eine kleine Flamme bewegt sich in dem Kupfergeschirr. Er sieht sich selbst gespiegelt, gekrümmt und in die Länge gezogen. Mit der Hand befühlt er sein Gesicht.

Juli

Mehr als ein Monat ist vergangen, seit die Männer hier gewesen sind. Tyge hat gehört, dass man ihn und seine Forschung im Bericht an den König verspottet hat. Und jetzt sitzt Peder Stub, ein Geck aus Kopenhagen, auf einem Stuhl ihm gegenüber. Der Mann ist hier, um ihn eigenmächtig mit dem Schiff nach Kullen zu bringen. Eigentlich weiß Tyge, dass seine Freunde im Regentschaftsrat König Christians auf diese Weise ihr Gesicht retten und zugleich dafür sorgen wollen, dass Tyge auf Hven verbleiben kann. Es ist offenbar, dass sie die Angelegenheit so rasch wie möglich aus der Welt schaffen wollen. Aber ich, denkt er empört, bin doch kein Knecht. Kein Tag ist vergangen, an dem Tyge nicht gegen seinen Willen die losen Schrauben ansehen musste, mit denen sein Merkur festmontiert gewesen war. Und dann Rasmus, der Hund. Die leere Kette an der Wand des Schlosshofs. Die Symmetrie ist zerstört. Es ist hässlich geworden. Er erträgt es nicht, auf die leeren Stellen zu blicken. Nichts geht vorbei. Nichts geht jemals vorbei, denkt Tyge, und erneut überkommt ihn Zorn. Er trinkt vom Wein und starrt sein Gegenüber an. Er kann nicht begreifen, weshalb Kirsten diesen Peder Stub in den Salon gebeten hat. Es hätte gereicht, denkt er, mit ihm unten an der Anlegebrücke zu stehen, zwischen uns plätscherndes Wasser. Ich hätte ihn wie eine Fliege verscheucht.

Auf dem Tisch zwischen den Männern brennt ein hoher Kerzenleuchter. Der Geck hat seinen Becher nicht angerührt. Er ist hochmütig. Hatte so getan, als sei ihm nichts über Kirstens Stellung bekannt. Behandelte sie wie eine Dienerin.

Tyge trinkt und Stub sitzt stocksteif auf dem samtbezogenen

Stuhl, redet und macht ein betretenes Gesicht. Tyge starrt auf das stark gerötete Kinn des Besuchers, den gelben Zahn, der ab und an sichtbar wird, auf den kostbaren Spitzenkragen, der aus dem Umhang hervorlugt. Wovon redet der Mann da ständig?, denkt er, während er seinen Becher leert und sogleich wieder Wein nachfüllt. Er ist nicht imstande zuzuhören, kann kein Wort mit dem anderen verknüpfen. Mal um Mal wandert sein Blick über den Kopf des Mannes hinweg. Dessen Stirn verliert ihre Form, als Tyge die glänzenden Kupferzinnen von Sternenburg ins Auge fasst, die hinter dem Gast aufragen.

Stub räuspert sich und Röte steigt ihm in die Wangen: »Ihre Obliegenheiten, Herr Tyge«, wiederholt er. »Der Leuchtturm auf Kullen ist grob vernachlässigt worden und das geliebte Grabmonument …«

Das Gefühl, eine Beleidigung zu erfahren, dringt langsam, unter Widerstand zu dem berauschten Tyge vor. Stub, der offenbar eine Antwort, eine Verteidigung vielleicht, erwartet hatte, fährt nach einem Weilchen fort: »Ihr habt«, sagt er mit ungutem Gefühl, »vor dem König ein klares, eindeutiges Versprechen abgelegt. Dieser Missbrauch des Vertrauens wird nicht länger akzeptiert werden. All die Erinnerungsschreiben, die man Euch gesandt hat, all das erwiesene Nachsehen. Ihr versteht doch wohl, dass unser junger König von nun an der Lächerlichkeit preisgegeben wäre, wenn Ihr nicht auf der Stelle …«

Tyge weiß nicht recht, wie es geschieht, doch es ist, als ob das Gefühl der Beleidigung einen glühenden Punkt erreicht hätte, an dem ihm der Zorn in den Arm fährt: Plötzlich hat er den Leuchter in der Hand, wirft ihn von sich.

Stürzt davon, aus dem Zimmer hinaus, aus Uranienburg hinaus, auf den Weg zum Strand. Er läuft die kalten, lehmigen Wälle entlang zum Wassersaum hinunter. Am Ende hockt er in einer Felsspalte, holt tief Luft und starrt auf die bleigrauen Wassermassen. Das Licht des Sommerabends nimmt ab und Kühle breitet sich aus.

Über einen schmalen, grasbewachsenen Pfad steigt er vom Strand nach oben. Das letzte Stück muss er klettern. Als er den Kamm des Walls erreicht, dort, wo der Boden eben wird, entdeckt er eine Gruppe Menschen um ein Feuer. Leere, rußbeschmierte und ausgemergelte Gesichter blicken ausdruckslos zu ihm hin. Tyges Handflächen sind zerkratzt und voller Lehm. Er schaut an sich hinunter und begreift, dass er mehrmals gefallen sein muss: Die Beinkleider sind zerrissen und seine Knie bluten.

Als er nach Uranienburg zurückkehrt, hat sich die Dunkelheit seit langem herabgesenkt. Der Hafen liegt verlassen da. Peder Stubs Schiff ist verschwunden. Tyge geht über den verlassenen Schlosshof. Schiebt die kleine Holztür neben dem Tor auf. Kirsten ist nicht zu sehen. Das Haus scheint leer zu sein, wirkt wie ausgestorben.

Aber dann hört er sich nähernde Schritte. Der Mann, der das Schlosstor bewacht, kommt ihm auf dem Gang entgegen, grüßt, lächelt jedoch nicht wirklich. Als Tyge vorübergeht, öffnet er nur den Mund. Wie eine hohle Holzfigur, denkt Tyge.

Er hat seine Kammer erreicht. Das Licht der Lampe tanzt hin und her. Die Flamme wiegt sich bedächtig. Die Wände sind schwarz von Ruß. Die Damhirsche auf dem Wandbehang stehen reglos hinter dem Laubwerk.

Tyge nimmt vor seinen Tabellen Platz. Er rollt ein paar der Bögen auseinander und hört erneut Schritte, die sich auf dem Gang nähern. Er schließt die Augen, als sich die Tür hinter ihm öffnet. Ein riesiger Schatten gleitet über die Glasgegenstände auf dem Tisch, über seine Hände und das Papier vor ihm. Es ist Kirsten. Er schaut sie genau an, aber sie scheint nicht berauscht zu sein. Nun greift sie zu einem Stuhl und setzt sich ihm gegenüber. Sie blickt auf ihre Hände hinunter, und als sie zu sprechen beginnt, klingt ihre Stimme dünn und fast schrill vor Erregung.

»Jetzt … jetzt muss ich offen darüber sprechen dürfen. Bist du wirklich bereit, alles wegzuwerfen, das … Nur aus Eitelkeit, Tyge? Allein aus Eitelkeit. Die Kinder sind keine Entbehrungen gewöhnt. Wir gehen zugrunde, Tyge.«

Er schaut sie an: »Aber Kirsten, wie sollte jemand unsere Stellung erschüttern können? Es wäre«, sagt er lächelnd, »als würde man die Bäume zwingen, in umgekehrter Richtung zu wachsen. Niemand kann das in Abrede stellen, was ich für die Wissenschaft tue. Kein Regentschaftsrat. Kein Peder Stub …«

Sie unterbricht ihn, schlägt mit der Faust auf den Tisch und schreit: »Noch schicken sie Schriftstücke und Männer wie Stub, doch bald werden sie Soldaten senden! Die Bauern können jederzeit mit Waffen ausgestattet werden.«

Ihre Stimme überschlägt sich, sie versucht sich zu beherrschen, schluckt und sagt dann tonlos: »Tyge, der König ist nicht mehr das Kind, dem du einmal einen Globus geschenkt hast. Niemand erinnert sich an deine Entdeckungen und an die Aufmerksamkeit, die sie weckten. Nichts dergleichen zählt am Hofe. Diese Tabellen. Keinen kümmern sie. Du hast Feinde. Begreifst du das nicht? Und jetzt hast du noch einen mehr: Peder Stub. Du musst zum König reisen. Du kannst dich von hier aus nicht verteidigen …«

»Das ist nur Klatsch und Tratsch!«, zischt er, ohne den Blick von den Papieren zu heben.

Er hört sie wieder schlucken und dann flüstern: »Du hast einen brennenden Kerzenleuchter nach ihm geworfen, Tyge. Seine Kleider brannten! Peder Stub ist nicht dein Feind gewesen, bevor du …«

Ihre Stimme erstirbt. Ihm fällt nichts ein, was er erwidern könnte. Die Haut um seinen Mund und an den Wangen zuckt und spannt, wie immer, wenn er sich unsicher fühlt. Er schnaubt verächtlich und bewegt die Lippen, um dieses Spannen, die Muskelstarre zu vertreiben. Er hört, wie Kirsten schwer atmend aufsteht. Bevor sie die Tür hinter sich schließt, sagt sie leise: »Man selbst kann kein Monument über das eigene Leben errichten. Zuerst, Tyge«, fügt sie müde hinzu, »muss man sich prüfen, bestehlen und verleumden lassen; dennoch gerät später fast alles in Vergessenheit.«

Er weiß keine Antwort, kann Kirsten nicht einmal ansehen.

Er sitzt allein in seiner Kammer und sein Blick verliert sich in dem Wandbehang, im Gewebe, in der Stille zwischen den geschwungenen Rücken der Damhirsche. Ich bin es, denkt Tyge, der über Wissen verfügt. Niemand sonst. Ich bin der Einzige, der die Möglichkeit hat zu wissen.

*

In der Nacht sieht er sich genötigt, zu Kirstens Zimmer hinunterzugehen. Er muss etwas tun gegen die Unruhe, die das Gespräch in ihm geweckt hat, gegen das gefährliche Gefühl, aus dem Gleichgewicht zu sein. Dieses Gefühl erträgt er nicht. Er möchte ihr erklären, dass derjenige, der ausreichend große Entdeckungen macht, weder riskiert bestohlen noch vergessen zu werden.

Eine Lampe brennt im Fenster, aber Kirsten ist nicht in ihrer Kammer. Er sieht, dass sie die Spielsachen der Kinder hervorgeholt hat. Das Holzpferd. Dessen Körper liegt im Schatten. Die angemalten Augen schauen ihn durch die Dunkelheit an. Sanft, aus dem Leben der Kinder herüber, die jetzt so fern und fremd sind.

Sechs Kinder hat er mit Kirsten, die noch am Leben sind. Doch hinter diesen stehen die beiden anderen: müde, halb abgewandt. Vielleicht leer. Einmal hatte er die Vorstellung, sie seien wie ausgehöhlt. Skulpturen aus Holz, die auf den Wellen schaukeln. Er zwingt sich, jenes Bild vor sich zu sehen, das er sich wünscht: Die Kinder gleich acht klaren Sternen, einer hinter dem anderen. Die Sterne der Kassiopeia. Kein moderndes Holz, keine abgewandten Figuren. Die zehrenden Wellen erreichen sie nicht, sagt er sich. Die nagende Zeit bleibt stehen, ist zu Ende, bevor sie ihrer habhaft werden kann.

Er sitzt in Sternenburg in der Wärme des Ofens. Es müsste eigentlich bequem und schön sein, auf dem Kissen in dem großen Lehnstuhl zu thronen, die pelzverbrämte Schaube um die Schultern und neben sich eine Karaffe mit heißem Wein. Mit der Feder folgt er den Aufzeichnungen der nächtlichen Beobachtungen. Schließt die Augen, schaut erneut, räuspert sich, schärft den Blick; dennoch kann er nicht lesen, was dort geschrieben steht. Die Wörter gleiten zur Seite, abwärts, verschwinden. Müde streicht er sich über die Augen und fragt sich, ob ihm nach Weinen zumute ist.

Er meint es aus der Ferne zu hören: den Klatsch und Tratsch bei Hofe, das Schöntun vor dem König. Er sieht ihre dümmlichen Mienen vor sich, ihre sabbernden Lippen. Und wie der König, der junge Christian, mitten unter ihnen sitzt, ohne zu verstehen, dass die Welt größer und reicher ist als sein Hof. Würde er nur den Blick heben, denkt Tyge, könnte er vielleicht die Bedeutung meiner Astronomie erahnen.

Kirsten will, dass er zum König fährt. Doch sich einschmeicheln unter all den Tröpfen, die ihn umgeben? Solchen wie Fincke? Wie Stub? Tyge hat erfahren, dass Stub ein sehr guter Freund seines eigenen Bruders Axel geworden ist. Gemeinsam wollen sie wohl den noch nicht genug gescholtenen Tyge weiter schelten. Armer kleiner Bruder. Kein Militär, kein Mann der Wissenschaft, nur Höfling, denkt er boshaft.

Mit dem Finger streicht er langsam über die Schreibfeder. Ein wirklich übler, Unheil verkündender Nebelfleck ist über Hven sichtbar geworden. Die Studenten haben ihn seit drei Wochen im Visier. Tyge hat gerechnet und gerechnet, aber kommt zu keinem anderen Schluss, als dass alles auf künftiges Unglück hinweist.

Er zieht einen Strich über das Papier. Sternenburgs Emblem ist am oberen Rand aufgedruckt. Hinter ihm, an der Wandtäfelung, hängen die drei Uhren, die er selbst konstruiert hat. Doch hat sich gezeigt, dass der Lauf aller drei verzögert ist: Tag für Tag müssen sie kontrolliert und muss die Zeit korrigiert werden. Sein Magen verkrampft sich vor Hunger, als ihm vom Kamin der Duft von gegrilltem Fleisch aus der Wärmestube entgegenschlägt. Bald wird er etwas zu sich nehmen. Doch zunächst muss er ein Weilchen ruhen. Er schiebt die Wand vor dem Schlafalkoven beiseite, betritt den schmalen, tiefen Raum und legt sich aufs Bett, die Hände zwischen die Schenkel geklemmt. Zieht die Beine an und lauscht den jungen, perlenden Stimmen der Studenten, die durch die Wand zu hören sind.

Im Jahr 1589

Juli

Er ruft nach Kirsten. Als sie hereingekommen ist, stellt er sich einfach vor sie hin und legt ihr die Hände auf die Schultern. Er fragt sich, ob sie magerer geworden ist, seit die Neider aus Kopenhagen aufgehört haben, ihre Feindseligkeit zu verbergen. Vorsichtig drückt er seine Lippen auf ihre Stirn und bittet sie, die Botschaft zu lesen, die er soeben erhalten hat. Ihr Gesicht drückt Angst aus und Tyge versucht zu lächeln. Gemeinsam setzen sie sich hin und Kirsten rollt das Dokument auseinander, das er ihr reicht.

Am 17. Juli des Jahres 1589 haben die meisten Mitglieder des Regentschaftsrates von König Christian ein Schriftstück verfasst, in dem sie dem Wissenschaftler Tyge Brahe auch weiterhin ihre volle Unterstützung gewähren. Ihm wird zugesichert, dass er auf dem Lehen Hven verbleiben und obendrein auch über seine Präbenden verfügen könne. Unter den Unterzeichnern sieht Kirsten den Namen des mächtigen Branting neben Manderup Parsberg und Jörgen Oxe. Es fehlen Peder Sörensen, Walkendorf, Peder Stub und Thoman Fincke von der Universität.

Sie schaut von dem Schriftstück auf und begegnet Tyges frohem Blick. Sie wagt nicht, etwas zu sagen. Lächelt ihm nur zu, streicht ihm über den Arm und nickt besonnen. Dennoch weiß sie, trotz dieses Schreibens, dass der Untergang nicht mehr lange auf sich warten lassen wird.

August

Tyge verlässt den Schreibtisch, stellt sich an das kleine Fenster der Kammer und schaut hinaus. Der Sund glitzert und das Licht fegt jauchzend über die Wellen. Er sieht das Schiff mit den Studenten, die ihren freien Sonntag haben, ablegen und in Richtung Kopenhagen davonfahren. Er hakt das Fenster auf und steckt den Kopf nach draußen. Ein Geruch nach heißem Backstein und Staub schlägt ihm entgegen. Die Arbeiter dort unten halten sorgfältig Abstand zum Schloss. Hager und von Wunden übersät stieren sie herauf oder blicken scheel. Sie heben unmenschliche Lasten, leben schlimmer als die Tiere. Sie sehen aus wie geschnitzte Figuren. Alte Holzgreise. So ist nun einmal die Ordnung, denkt er und betrachtet die Gestalten. Gold, Silber, Bronze, Kupfer, Eisen, Holz … Lehm …

Zuweilen gibt er sich der Vorstellung hin, er könne es wie Kirsten mit den Armeleutekindern machen. Er hat die Szene mehrfach vor sich gesehen: wie er die Männer auf seine Arme hebt, sie ins Schloss trägt, um sie in ein warmes Bad zu legen. Er allein wird sie dann waschen, sie trockenreiben und ihnen saubere Kleidung geben. So wie es die Schrift gebietet, denkt er.

Doch dann fällt ihm ein, dass deren dreckige Bälger Kirsten mit faulem Obst beworfen und sie das Kebsweib des Schlossherren genannt haben; er erinnert sich an die widerwärtige Redeweise der Bauern: Es ist, als hätten sie den Mund voll mit sauren Rübenstücken. Er denkt an den Gnomon, den Schattenstab, jenes zylinderförmige Orientierungsutensil, das am Morgen nach der Reinigung plötzlich an der Äquatorial-Armilla fehlte, an seinem vielleicht vorzüglichsten Instrument unten in Sternenburg. Noch immer hat sich der Schattenstab nicht eingefunden. Er stellt sich vor, wie eine schmutzige Bauernhand die fein geritzten Markierungen auf dem Zylinder berührt, auf den der Schatten der Sonne fallen soll, sieht, wie sie das Bronzeröhrchen zwischen rissigen, unkundigen Fingerspitzen rollt. Nein, denkt er. Dann will ich sie lieber prügeln, bis sie Vernunft annehmen.

Später, als er über die Insel reitet, trifft er auf eine Gruppe Bauern. Sie treten in den lehmigen Straßengraben, verbeugen sich oder hocken sich nieder. Der Herr dieser Insel, denkt Tyge, während das Pferd im Schritt zum Schloss hinaufgeht, bin ich.

An der höchsten Stelle von Uranienburg sieht er Dänemarks Wimpel mit fröhlichen rotweißen Farbblitzen im Wind flattern. Und bei den Böen stellt sich Pegasus auf die Hinterbeine.

Am Abend steht er in seiner Kammer. Blinzelnd blickt er auf sein Spiegelbild, betrachtet seine Zähne. Das Helle, Verdünnte, Banale blendet mich, denkt er. Ich kann nur im Dunkeln sehen. Nur in der Nacht erkenne ich, wie alles tatsächlich beschaffen ist. Ganz zu Anfang hat Gott in der Finsternis gelebt. Die Dunkelheit ist das Beständige. Das Licht entstand in einem einzigen Augenblick. Das eine ruhte in der Ewigkeit, das andere entsprang allein einem Tag.

✳

Kirsten steht am Fenster und betrachtet ihre älteste Tochter Magdalena, die über das Pflaster des Schlosshofs schlendert. Sie ist eigentlich ein schönes Mädchen, denkt Kirsten. Der dicke, dunkle Zopf, der unter einer Haube verborgen sein sollte, pendelt zwischen ihren Schulterblättern. Kirsten denkt, dass Magdalena sich wahrlich in der Siechenstube nützlich machen könnte. Oder bei ihren kleinen Schwestern sitzen und eine Näharbeit erledigen sollte. Auch Speisekammern und Lagerräume müssten vor dem Herbst durchgesehen werden. Doch Magdalena will nichts tun. Es ist nicht mehr möglich, mit ihr zu reden, denkt Kirsten und spürt ein Gefühl des Verlusts. Das Mädchen ist selbstgefällig und mimosenhaft geworden.

Magdalena verhält den Schritt und betrachtet die Spiegelungen der Mittagssonne im bunten Glas der Schlossfenster zu ebener Erde. Fliegen klettern die warmen Holzrahmen hinauf. Sie bemerkt eine Schattenbewegung, dreht sich um und folgt mit dem Blick einem Schwarm weißer Tauben, der vom Schlosshof aufgestiegen ist. Gemeinsam wechseln die Vögel in der Luft die Richtung und werden zu dunklen Flecken vor dem niedrigen wolkenlosen Himmel.

Als sie das Gattertor durchquert und in den Garten hineingeht, denkt sie darüber nach, dass sie jetzt vierzehn Jahre alt ist. Schon viel zu groß. Sie betrachtet ihre Arme und Hände, die an den Schenkeln hinunterhängen. Denkt an ihre Hüften und die Brüste unter den Kleidern. Im vergangenen Sommer hatte sie noch keinerlei Formen. Jetzt ist sie erwachsen genug, um heiraten zu können. Zum Teufel, verflucht noch mal, denkt Magdalena, und ein Gefühl des Erstickens überkommt sie. Sie fühlt sich wie eine der kleinen geschnitzten Figuren an der Kanzel; merkwürdig, falsch proportioniert, bösartig. Gezwungen, auf ihrem Platz zu verharren, während sie unentwegt davon träumt, sich unter die Studenten in Sternenburg zu mischen, Beobachtungen vorzunehmen, Zahlen in die Tabellenbücher einzutragen und das Visier an den Instrumenten zu richten.

Vor ein paar Wochen hatte sie darum gebeten, mithelfen zu dürfen, als die große, prächtige Äquatorial-Armilla gereinigt wurde. Gemeinsam mit den Studenten stand sie auf dem Wall in der Augustsonne, wo das Instrument auseinander genommen wurde. Sie wischten die kleinen Teile ab und legten sie auf ein ausgebreitetes Tuch. Die Bronzestäbe und Ringe warfen honigfarbene Reflexe auf das Gras.

Sie weiß, alle würden zornig werden, wenn sie sagte, sie glaube, ihr kleiner Bruder Tyge habe den Schattenstab genommen – jenes Instrumententeil, dessen Verschwinden so viel Ärger verursacht hatte. Und schuld an Vaters schlechter Stimmung war.

Magdalena geht in den Obstgarten und kommt an den niedrigen braungelben Rebstöcken vorüber. Der Vater hatte ein paar Jahre lang gehofft, auf Hven eigenen Wein keltern zu können. Inmitten der kleinen grauen Blätter bemerkt sie Trauben mit winzigen, unbrauchbaren Beeren. Sie geht an dem krummen Stamm des Aprikosenbaums vorbei. Ein paar Früchte hängen noch daran, wurmstichig und voll brauner Flecken. Die Zweige der Orangenbäume sind nach dem kühlen Sommer noch immer leer. Unter den Apfelbäumen, ein Stück entfernt, sieht sie grau gekleidete Männer und Frauen mit Harken und Körben.

Die Schüler und ich, denkt sie, hatten das Instrument auseinander genommen und dann die Teile in der Sonne liegen lassen. Als sie sich auf dem Rückweg nach Sternenburg befunden hatte, war sie ihrem kleinen Bruder Tyge begegnet. Er trug ein Glas mit schlammigem Wasser und Kaulquappen in den Händen. Sie erinnert sich, dass er zu den Instrumententeilen hingegangen war und das Glas hochgehoben hatte, um die glänzenden Metallteile durch das trübe Wasser zu betrachten.

Magdalena bekommt Lust, höhnisch über sich selbst zu lächeln. Forscher werden zu wollen. Astronom wie der Vater. Viele Male hat sie ihn sagen hören, dass Tante Sophie seine Forschung besser verstehe als irgendjemand sonst. Dennoch würde er nie mit ihr zusammenarbeiten. Die Wissenschaft gehöre dem Mann, und für Frauen gebe es der Aufgaben genug, um alle Weibspersonen zu beschäftigen. Wenn eine gegebene Ordnung gestört werde, sagt Vater, könne daraus nur Unglück entstehen.

Satansweibsbild, denkt sie über sich selbst. Was glaubst du eigentlich, du hirnverbranntes Satansweibsbild?

Sie weiß, dass ihr kleiner Bruder bei den nordischen Nadelbäumen eine Hütte hat. Sie geht die Gänge zwischen den Stämmen entlang, bis sie etwas Dunkleres zwischen den Tannen erblickt. Ein schräges Dach, bedeckt mit Fichtenzweigen. Ruhig biegt sie vom Pfad ab und kriecht durch die Öffnung der Hütte. Klein Tyge hat Läufer und Kissen aus dem Schloss gestohlen. Geduckt geht sie weiter hinein und hebt einen losen, platten Stein an. Dummkopf, denkt sie, als sie das Kistchen mit dem Schatz des

Bruders heraushebt. Sie öffnet den Deckel und fährt mit den Fingern durch den rasselnden Inhalt: Krabbenschalen, ein paar getrocknete Seesterne, die knisternde Haut einer Grille. Ungleiche Ohrringe, Glasscherben. Eine Speerspitze aus Feuerstein. Sie leert den Inhalt auf dem Läufer aus und entdeckt sofort den verschwundenen Schattenstab.

Magdalena nimmt den kleinen, zylinderförmigen Gegenstand in die Hand und betrachtet ihn genau. Dann lehnt sie sich zufrieden zurück. Mitten zwischen den großen Ringen der Armille, denkt sie und hört ihren Vater dozieren, angepasst an die Neigung der Erdachse und den Bogen des Himmelsäquators, muss dieser Bronzezylinder sitzen, um die Position der Sonne im Verhältnis zu den bekannten und unbekannten Gestirnen anzuzeigen.

Ihr Vater hatte sich beunruhigt und war erzürnt darüber gewesen, dass der Stab verschwunden war, hatte von Sabotage und Vandalismus geredet. War bekümmert, aufbrausend und verschlossen gewesen. Jetzt, so denkt Magdalena, bin ich es, die dafür sorgt, dass die Ordnung wiederhergestellt wird.

Schon an Tyges Rücken sieht Kirsten, dass er unwillig reagieren wird.

»Du darfst heute nicht zu viel von ihnen verlangen«, sagt sie.

Als er geistesabwesend von seiner Arbeit aufschaut, sieht sie, dass er sich die Stirn zerkratzt hat.

»Sie sind noch Kinder«, fährt sie fort.

Er schaut sie an. Sie nimmt ihm gegenüber Platz. Er räuspert sich, lächelt verstimmt und sagt: »Noch Kinder? Sind es etwa gewöhnliche Bauerngören? Nein, es sind Brahe-Nachkommen.«

Sie weiß, dass er scherzt, aber genau das gibt ihr ein Gefühl von Hilflosigkeit.

»Das Einzige, was ich will«, versucht sie zu erklären, »ist, dass sie keinen falschen Weg einschlagen.«

Er steht vom Stuhl auf und gibt vor, aufgebracht zu sein.

»Ja, aber wenn sie ihre Hausaufgaben nicht gemacht haben, Kirsten, dann …«

Er simuliert eine Maulschelle. Kirsten lächelt blass. Tyge setzt sich und gibt seiner Stimme einen sanften Ton: »Sorge dich nicht. Wir werden sehen. Es wird schon gut gehen.«

Sein Blick löst sich von ihr und wandert zu den Tabellen hinunter. Ohne jede Erleichterung verlässt Kirsten die Studierstube, um die Kinder auf den Unterricht vorzubereiten, den Tyge ihnen heute Abend geben will.

Sie sind empfindsam, denkt Kirsten, während sie die Treppe zur großen Diele hinabsteigt. Und ihr Eifer wird sie alles falsch machen lassen, sie werden Tyge unterbrechen, sich gegenseitig knuffen und lauthals lachen.

Seine Stimmung ist ununterbrochen schlecht gewesen, seit ein Gegenstand von Sternenburgs großer Armille verschwand. Vermutlich, sagt sich Kirsten, wollte nur jemand ein Andenken an das Observatorium mitnehmen. Doch Tyge spricht von Feindschaft und Verschwörung. Ein unbedachtes Wort der Kinder, denkt sie, irgendetwas, das er als mangelndes Interesse oder als Fehlen von Begabung wertet, dürfte genügen. Er wird der Sache überdrüssig werden und die Kinder aus dem Observatorium jagen. Wird erklären, dass ich sie verdorben habe. Und denken, dass dieser Mangel an Begabung ein Erbe von mir ist.

*

Mit Besorgnis sieht Kirsten die rastlosen Bewegungen der Kinder.

»Ihr müsst bei allem, was Vater sagt, gut zuhören«, ermahnt sie die kleine Schar.

Sie schauen die Mutter nicht an, als sie spricht, nichts deutet darauf hin, dass sie aufnehmen, was sie sagt. Sie sind mit den Gedanken ganz woanders. Das einzige der Kinder, das zuzuhören scheint, ist Klein Tyge. Kirsten richtet Elisabeths Kragen, aber das Mädchen merkt es kaum; sie tritt aufgeregt von einem Fuß auf den anderen und wirbelt ihre Zöpfe herum.

»Sophie? Elisabeth? Wie sollt ihr euch verhalten?«

Die hellen Augen der kleinen Sophie gehen direkt durch sie hindurch. Aber Elisabeth lächelt und flüstert lispelnd: »Wir sollen keines der Instrumente anfassen.«

»Ganz richtig, Elisabeth. Wirst du dich daran erinnern?«

Elisabeth nickt, ohne sie anzusehen. Kirsten holt tief Luft und kümmert sich weiter um die Kleider der Kinder. Sie hören nicht zu, denkt sie. Sind schon unterwegs. Als sie Magdalenas Stirnhaar glatt streichen will, reißt das Mädchen den Kopf zur Seite und sagt missmutig: »Danke, ich mache das selber.«

Kirsten betrachtet das mürrische, verschlossene Gesicht ihrer Tochter. Magdalena, denkt Kirsten, hat Angst, sie könnte so werden wie ich. Ein Mensch voller Scham, der sich allzu oft hat selbst trösten müssen.

Die Farbschattierungen des Stoffes am Rocksaum, eine ebene Fläche mitten im Weizen auf dem Acker, die Art, wie die Sonne hinter den Wolken verschwindet und Kühle folgt – Kirsten sieht die Bilder vor sich und der Gedanke an die toten Kinder stellt sich ein.

Als sie starben, wurde Magdalena geboren, erinnert sie sich. Die Kleine lag einsam und schreiend in der Wiege, während Tyge und ich mit grauen Gesichtern wie versteinert dasaßen, gelähmt, zusammengesunken, außerstande, etwas zu tun. So sahen die ersten Jahre unserer Tochter aus. Und je älter sie wird, desto mehr scheint sie mir zu gleichen. Kirsten verspürt mit einem Mal eine große Müdigkeit. Sie betrachtet Magdalenas gerade Nase, ihr kleines Kinn und die schwarzen Augenbrauen.

Dann wandert ihr Blick zu Klein Tyge, dem Lieblingssohn. Dem Jungen, der nach fünf Mädchen kam. Tyges Liebe und Aufmerksamkeit hat Klein Tyge wertvoller werden lassen als seine Geschwister. Wie stets verwundert es Kirsten, dass der Junge, der Tyges Abbild werden sollte, stattdessen ihrem eigenen Vater so ungemein ähnelt.

Sie weiß, dass es jetzt Zeit ist, die Kinder nach Sternenburg zu entlassen.

»Nicht die Instrumente anrühren«, sagt sie noch einmal, »Vater nicht unterbrechen, nicht knuffen …«

Kirsten hört den mechanischen Tonfall der eigenen Stimme, sieht, wie sich ihre ängstliche Stirn in den offenen Gesichtern der Kinder spiegelt, bemerkt deren ausweichende Blicke. »Und derjenige, der heute Abend der Tüchtigste ist«, wiederholt sie, »darf an Vaters Seite stehen, wenn Branting kommt.«

Sie nicken zustimmend. Sophie und Elisabeth sind mit Jörgen bereits auf dem Weg zur Tür, der, des Wartens überdrüssig, am Daumen lutscht. Klein Tyge lässt Kirstens Hand los, als Magdalena plötzlich sagt: »Ich habe Vaters Schattenstab gefunden.«

Kirsten sieht sie erstaunt an.

»Was hast du gesagt?«

Magdalena erwidert ungeduldig ihren Blick: »Den Schattenstab. Ich habe ihn in Klein Tyges Hütte gefunden.«

Kirsten weiß nicht recht, ob sie richtig gehört hat. »Soll das heißen, dass Klein Tyge ihn in seiner Hütte hatte, ohne ihn zurückzugeben?«

Magdalena zuckt mit den Schultern und Kirsten fragt verblüfft: »Beschuldigst du deinen Bruder des Diebstahls?«

Sie meint zu sehen, wie der wütende Triumph im Gesicht der Tochter erlischt. »Was genau willst du sagen?«, erkundigt sich Kirsten vorsichtiger.

Magdalena sieht ihre Mutter starr an. Ihr Gesicht ist rot geworden.

»Er hatte ihn in seiner Hütte«, murmelt sie.

»Ist überhaupt nicht wahr«, schreit Klein Tyge.

Kirsten schaut Magdalena an: »Was ist los mit dir?«

Sie sieht, wie ihre Tochter hastig das Gesicht wegdreht, um nicht zu zeigen, dass sie dem Weinen nahe ist. Als seien gerade ihre Tränen etwas Besonderes.

»Gedenkst du, die Sache zu erklären?«, fragt Kirsten.

Magdalena wischt sich die Nase, wendet sich wieder um und holt zitternd den Schattenstab aus der Tasche ihres Kleides.

»Ich habe ihn in seiner Hütte gefunden.«

Kirsten dreht sich zu Klein Tyge hin, und als sie seine errötenden Wangen und die erstaunte Miene sieht, versteht sie, dass Magdalena die Wahrheit gesagt hat. Der Junge kann nicht begriffen haben, was für ein Ding er da gefunden hat, denkt sie.

»Erzähle dem Vater nicht, dass er ihn gehabt hat«, sagt Kirsten so sanft sie vermag. »Du bist doch immer so tüchtig, dir fällt doch alles so leicht.«

Obgleich sie weiß, dass es ungerecht gegenüber der Tochter ist, kann sie nicht umhin zu sagen: »Lass Klein Tyge dem Vater den Stab geben.«

Magdalena steht nur da, rot im Gesicht, die Augen zu Boden gesenkt. Kirsten versucht, die Tochter begütigend zu streicheln, doch ihre Hand bleibt mitten in der Bewegung hängen.

»Nun habt viel Spaß«, sagt sie laut und zieht die Finger durch Klein Tyges dickes schwarzes Haar. »Denkt daran, dass ihr vielleicht Branting selbst assistieren dürft, wenn ihr eure Sache ordentlich macht!«

Als die Kinder zu den Wällen hinunterlaufen, steht Kirsten noch immer in der Diele und schaut ihnen hinterher. Sidsel und Jörgen sind voller Eifer vorausgerannt. Magdalenas Gesicht war verschlossen, als sie den kleineren Geschwistern nach Sternenburg folgte.

*

Es wird langsam dunkel. Ein milder Wind weht ihnen auf den Wällen entgegen. Aus der Ferne ist Gewittergrollen zu hören. Die verdammten Teufel, denkt Magdalena in ihrem hilflosen Zorn. Sie schielt zu ihrem kleinen Bruder, der vor ihr durch das Gras läuft. Du kleiner Dummkopf, denkt sie wütend. Ich könnte dir eins auswischen. Zorn und Schuldgefühle wegen ihres Zorns wechseln einander ab, schwellen an und wieder ab. Sie weiß nicht, wie sie die Angst loswerden soll, die sie wegen der Ungerechtigkeit der Mutter verspürt. Pimpern, ficken, wichsen, denkt sie, verrottet, ihr verdammten Teufel.

Klein Tyge spürt einen Regentropfen auf der Stirn. Die Frösche, denkt er, schwimmen im Glas und brauchen vor nichts Angst zu haben. Ihre grauen Körper, die Augenlider. Ich werde mich um sie kümmern, werde einen richtigen Teich graben. Mit Steinen und Blättern. Er merkt, dass Magdalena sich ihm von hinten nähert, bekommt Angst und dreht sich um, doch ihr Blick zeigt nur Gleichgültigkeit.

Als sie vor Sternenburg ankommen, öffnet Magdalena ohne Zögern das Tor und steigt dann die schmale Vestibültreppe hinunter. Die anderen Kinder folgen ihr schweigend und bleiben zusammen mit ihr im Gang vor der geschlossenen Tür zum Hypokaustum stehen.

»Sollen wir hier nicht warten?«, fragt Sophie leise und hält Jörgen zurück, der versucht, sich nach vorn zu drängen.

»Ich habe jedenfalls nicht die Absicht, hier herumzustehen und in die Luft zu starren«, sagt Magdalena ungeduldig, legt die Hand lässig auf den Türknopf und öffnet die Tür.

Sie macht einen Schritt in den dunklen Raum hinein, zögert und macht dann noch einen Schritt. Als sie hört, dass die Geschwister ihr folgen, wird ihr klar, dass sie im Hypokaustum eigentlich für sich sein wollte. Langsam und mit Mühe gewöhnt sich ihr Blick an die Dunkelheit. Ihr Herz hämmert: Sie hat etwas Verbotenes getan, davon ist sie überzeugt. Um sie herum zeichnen sich Teile von Gegenständen mit blendenden, wirbelnden Lichtpunkten ab. Plötzlich glaubt sie aus der Dunkelheit die Bewegung eines schweren Körpers zu vernehmen und dann ein dumpfes Zwitschern wie von einem großen Vogel, bevor es erneut still wird.

Sie hört Jörgen und Sidsel aufgeregt miteinander flüstern und spürt, wie sich Klein Tyge, Elisabeth und Sidsel hinter ihr drängen. Magdalena blickt mit halb geschlossenen Lidern auf die bebenden, unbestimmten Konturen der Instrumente. Sie verbreiten einen strengen Geruch nach Metall, und die Bücher in den Regalen riechen nach Staub und Feuchtigkeit. Von weit oben erreichen sie die wohl bekannten Geräusche Hvens – das Klatschen des Wassers an den Schiffsrümpfen im Hafen, das Pfeifen des Windes, der durch den Graswall braust, das Knarren eines Karrens auf dem holprigen Weg. Sie klingen verzerrt, als hörte man sie durch ein Rohr.

Magdalena schaut auf ihre Hände: Die Handflächen gleichen weißen leuchtenden Flecken. Die Uhren über dem großen Tisch ächzen und schaben, als sich die Scheiben bewegen. Die Porträts der Astronomen an den Wänden wirken wie schwarze Fenster vor der bleichen Wand.

Plötzlich hört Magdalena erneut den dumpfen Vogellaut. Jetzt aus größerer Entfernung, von schräg hinter ihr. Ein großer Schatten fällt rasch die Wand hinunter.

»Ein Piepvogel«, flüstert Sidsel laut.

Jörgen kichert und eins der anderen Kinder beginnt zu lachen. Magdalena blickt zur Tür und dann zu dem Platz am Ofen, wo der Schatten verschwunden war. In ihrer Fantasie entsteht ein Bild zu dem gedämpften Gurren und dem schweren Prasseln von Federn. Es ist ein Seraphim mit vier mal vier Gesichtern, denkt sie. Die schauen mich von allen Seiten an. Und plötzlich hat sie das Gefühl, der Vater verstecke sich in der Dunkelheit und beobachte sie.

Jörgen geht auf den Ofen zu, zeigt mit dem Finger und lacht: »Guckt mal! Der Vogel frisst!«

Sidsel kichert entzückt.

»Hier dürfen wir nicht sein«, sagt Magdalena streng, tritt einen Schritt zurück, stößt gegen den Tisch und einige Papiere flattern zu Boden.

»Komm, Jörgen«, ruft sie.

Er hockt am Ofen und hält die Hand vor die Klappe. Magdalena zieht Sidsel mit sich zur Tür und meint zu sehen, dass Jörgen einen Buckel wie eine Katze macht und dass Schatten eilig über ihn hinwegziehen, die ihn größer und breiter wirken lassen. Im Dunkeln scheint sich sein Körper zu verändern, und einen Augenblick lang ähnelt er dem Vater, hat einen Bart und Haare wie dieser und seine kräftigen Beine.

Rasch treibt Magdalena die Geschwister zusammen und schiebt sie hinaus auf den Korridor. Sie gehen ein paar Schritte die Treppe hinauf, bleiben aber stehen, als sie hören, dass oben die Tür zum Vestibül geöffnet wird. Jemand ist dabei, die Stufen herunterzusteigen, während Jörgen aus dem Hypokaustum kommt.

Magdalena fühlt, dass ihre Lippen ganz trocken sind. Sidsel steht dicht neben ihr, hat das Gesicht halb in ihrem Rock verborgen und umklammert noch immer ihre Hand. Als Tyge die Kinder auf der Treppe entdeckt, lächelt er.

»Ihr habt wohl etwas warten müssen«, sagt er leichthin und öffnet die Tür zum Hypokaustum, »aber jetzt werden wir Spaß haben.«

Er dreht sich halb um und fragt mit merkwürdiger Miene: »Ihr habt euch doch wohl nicht zu sehr gelangweilt?«

Als sie den Raum nun betreten, wirkt alles verändert. Der Vater zündet die Kerzen an, die in den Wandleuchtern stecken; der Fußboden ist bald warm vom Feuer im Ofen, und jemand hat Schemel für sie bereitgestellt, auf denen sie sitzen können. Sie schauen ihren Vater an. Er wirkt unbekümmert, vielleicht sogar fröhlich.

»Aber wer hat denn hier solche Unordnung gemacht«, ruft er mit einem Mal.

Magdalena zieht die Schultern hoch und sieht ihren Vater plötzlich zu einem Ort hinter dem Ofen gehen, sich hinabbeugen und eine Bachstelze aufnehmen.

»Wollen wir dich hinauslassen, meine Kleine«, sagt er und geht zu den Dachklappen.

Ein Geräusch ist zu hören, als ziehe man ein Boot über Klippen, und Nachtluft dringt in den Raum. Über ihren Köpfen ist der Sternenhimmel sichtbar. Tyge hält die Hand mit dem Vogel nach oben und sagt: »Folgt jetzt unserem kleinen Freund mit dem Blick.«

Die Kinder heben die Gesichter. Sie sehen den Vogel direkt ins Universum fliegen und um sie herum scheinen die Wände zu rotieren. Tausende Feuer leuchten. Der wie ein weißer Stein wirkende Mond ist in der Finsternis fast blau.

Tyge setzt sich den Kindern gegenüber und öffnet die Hände: Auf die Handflächen hat er Sternzeichen gemalt.

»Seht mal, was ich auf dem Weg hierher eingefangen habe.«

»Die Fische!«, ruft Sidsel.

»Und den Stier«, flüstert Magdalena, sie kann es sich nicht verkneifen.

Tyge teilt ein paar Blätter Papier aus und lässt jedes Kind sein Sternzeichen malen. Magdalena zeichnet den Stier mit sicherer Hand, und Sidsel, die im selben Sternbild geboren ist, vergleicht ihr Blatt nervös mit dem der großen Schwester.

Tyge hält die Zeichnung der Kleineren hoch:

»Dieser Stier hier … hat er einen Zuckerhut im Maul?«

»Nein!«, schreit Sidsel aufgeregt. »Das ist eine Mohrrübe.«

»Ja, natürlich ist das eine.«

Tyge lacht und tätschelt Sidsel die Wange.

»Und was hast du da, Jörgen? Sieh an, was für freundliche Augen der Krebs hat! Sogar mit Wimpern und allem.«

Jörgen umklammert Tyges Bein und zeigt immer wieder auf das Bild: »Der Krebs soll runter ins Wasser gehen und … er soll schlafen.«

Ein Weilchen später sammelt Tyge die Zeichnungen der Kinder ein. Er hält ihre Sternbilder in den Händen und verspricht, sie auf ewig in Sternenburg aufzubewahren.

Tyge lässt seinen Blick über ihre runden, gesunden Gesichter streifen. Saat, denkt er, auf dem Ackerboden.

»Wenn man ein Auge zumacht«, flüstert er, »und dann etwas ansieht …«

Er legt die Hand über ein Auge und die Kinder tun es ihm gleich.

»Zum Beispiel dieses Mädchen da«, sagt er und zeigt auf Sidsel, die zu kichern beginnt.

Jetzt wechselt er die Hand: »Macht jetzt das andere Auge zu.«

Sie gehorchen.

»Hast du deinen Stuhl verrückt, Sidsel?«, fragt er.

Sie schüttelt ganz ernsthaft den Kopf.

»Ja – aber, sie hat doch ihren Platz verändert, stimmt's?«

Er wendet sich an die anderen Kinder.

»Deshalb«, sagt Tyge, »benutzen wir das rechte Auge zur Beobachtung. Das linke verschiebt nämlich den Gegenstand von dem Platz, an den ihn das rechte gesetzt hat. Wie wir wissen, hat alles Erschaffene eine bestimmte Ordnung. Und wo links und rechts um die Macht kämpfen, muss das Rechte stärker sein. So ist die natürliche Ordnung. Denn das Rechte steht über dem Linken. Man sieht es daran, dass der Vater rechts von der Mutter steht, die Mutter rechts vom Kind, das Kind rechts vom Tier und der Bruder rechts von der Schwester. Es ist die rechte Hand, die schreibt, das rechte Auge, das über der Kimme ein Ziel ins Visier fasst, und den rechten Fuß setzt man vor den linken. Deshalb nehmen wir Beobachtungen stets mit dem rechten Auge vor.«

Magdalena betrachtet ihn, sieht seinen roten Bart, lässt den Blick über die glänzende Nasenprothese wandern und malt sich genussvoll aus, wie es wäre, ihr Gesicht in den dichten Pelzkragen seiner Schaube zu versenken. Um sie herum hängen Uhren, liegen Bücher und Tabellen in säuberlichen Reihen. In alle Himmelsrichtungen weisen Sternenburgs Seitenkrypten, in denen unter schweren Stoffhüllen die großen Instrumente warten. Und über allem liegt die Himmelssphäre, deren Sterne von Loten, Visieren, Markierungen und Schrauben an Sextanten, Quadranten und Armillen eingefangen werden. Astronom, denkt Magdalena. Vater ist Astronom.

Tyge geht zum Tisch und nimmt den tragbaren Sextanten auf, der dort auf einer kleinen, flachen Marmorscheibe steht. Er nimmt die Schutzhülle ab, hält das Instrument vor den Kindern in die Höhe und sagt mit gerunzelter Stirn: »Na, das hier ist vielleicht eine komische Flöte!«

Als er so tut, als wolle er in das Visier blasen, lacht Sidsel lauthals und schreit: »Das ist keine Flöte!«

Tyge schaut verwundert auf: »Ist das keine Flöte?«

Sie schüttelt eifrig den Kopf. Er mustert das Instrument.

»Doch, natürlich ist das eine Flöte.«

Er versucht so kräftig zu blasen, dass sein Gesicht rot anläuft.

»Neiiin«, schreien die Kinder.

»Ja aber, was ist es dann?«

Sidsel, Elisabeth und Klein Tyge rufen entzückt den Namen des Gegenstands, den sie bereits viele Male zuvor gesehen haben.

»Ein Sextant!«

Tyge lächelt Klein Tyge zu und seine Stimme ist voller Wärme: »Du, mein Kleiner, weißt sicher eine ganze Menge.«

Er hält den Sextant vor ihnen in die Höhe: »Tyge Brahe auf Hven war der Erste in Dänemark, der dieses Instrument benutzt hat, das zuvor nur Seefahrer in fremden Ländern gebraucht haben. Ich habe es hergeholt und habe es verbessert.«

Er schaut die Kinder schelmisch an: »Und manchmal, wenn ihr meine Studenten an einem Sextanten stehen und flüsternd die Köpfe zusammenstecken seht, ist es in Wahrheit so, dass die Horizontlinie und der Gegenstand ihrer Beobachtung so niedrig liegen, dass sich die Köpfe der Studenten berühren. Ich benutze stets zwei Beobachter, um zwei rechte Augen nutzen zu können.«

Er wendet sich an Klein Tyge und fragt sanft: »Weißt du, wie der Punkt heißt, an dem die Sonnenbahn, die Ekliptik, den Himmelsäquator schneidet?«

Klein Tyge schüttelt lächelnd den Kopf. Magdalena, die es weiß, hat keine Gelegenheit zu antworten, da der Vater sogleich fortfährt: »Genau, Tyge. Du wusstest es sicher. Es ist der Ort der Tagundnachtgleiche im Frühjahr. Der Widder liegt diesem Frühlingspunkt am nächsten.«

Er betrachtet die Kinder: »Von diesem Punkt aus habe ich die Lage von einundzwanzig Standardsternen rund um den Äquator bestimmt. Ausgehend von diesen, erschaffe ich meinen Sternkatalog. Aber es ist nicht das erste Mal, dass jemand die Sterne katalogisiert. Wer hat es als Erster getan?«

Er lässt den Blick über ihre runden Köpfe wandern: »Tyge?«

Der Junge scheint nachzugrübeln, und wieder will Magdalena die richtige Antwort geben, doch der Vater fällt ihr ins Wort: »Ptolemäus, Tyge. Genau der. Der Sternkatalog des Ptolemäus enthält 1028 Sterne.«

Er schaut die Kinder an: »Wisst ihr denn, wie meine allerwichtigsten Standardsterne heißen?«

Tyge zeigt voller Ernst auf einen nach dem anderen: »Magdalena, Sophie, Sidsel, Tyge, Jörgen, Elisabeth und« –, er weist nach oben –, »natürlich Kirstine und Klaus.«

Sie gehen in die kleinere nordwestliche Krypta, und Tyge lässt die schwere Samthülle von dem Instrument fallen, das mitten in der Bodenabsenkung steht. Die vier massigen Ringe der Armillarsphäre glänzen. Er zeigt auf sie und erklärt, dass sie die großen Kreise des Himmels darstellen. Vorsichtig, aber mit geübter Hand berührt er die Eisenringe, tippt auf einen Vogelkopf, der den horizontalen Ring schmückt, und fragt:

»Auf welchen Stern stellen wir ihn ein?«

Als keiner zu antworten wagt, schaut er verwundert auf. Eben als er sich an Klein Tyge wenden will, sagt Magdalena: »Auf den Sirius.«

»Ausgezeichnet«, erwidert Tyge lächelnd, »auf den Sirius im Großen Hund.«

Er richtet sich auf: »Der celeste Längengrad«, erklärt er, »wird gemessen nach …«

Aufmunternd schaut er Klein Tyge an, der den Blick senkt.

»Nach dem ersten Punkt der Frühjahrs-Tagundnachtgleiche«, antwortet Magdalena, »im Widder.«

Tyge nickt ihr zu und fährt fort: »Seht ihr den kleinen Stab?«

Er weist auf ein Rohr in der Mitte des innersten Ringes. Sie schieben ihre Köpfe vor, um es deutlich zu erkennen.

»Das ist der Schattenstab«, sagt Magdalena eifrig.

Tyge erklärt nachdenklich: »Ja. Das Licht hindert das Sehen, es blendet und hinterlässt einen Abdruck im Auge. Deshalb müssen wir uns der Dunkelheit bedienen, um die Messungen deuten zu können. Was einen Schatten wirft, wird mit Schatten gemessen ... Wir hätten meine große Äquatorial-Armilla in der südlichen Krypta benutzen sollen, aber genau dieser kleine Stab an jenem Instrument ist verschwunden ...«

Er unterbricht sich und lächelt den Kindern zu: »Aber wer von euch wird wohl mein Mitobservator? Wer wird an meiner Seite stehen, wenn Branting kommt?«

Jeder von ihnen darf an das Instrument gehen und zusammen mit Tyge durchschauen. Klein Tyge sieht Magdalena an, als sie sich der Armille nähert. Sie steht ein Weilchen dort, löst sich dann vom Visier und reibt sich das Auge: »Ich habe sechzehn mal vier Sternzacken gezählt.«

Tyge wirkt verblüfft und berührt ihr dunkles Haar.

»Ja, Magdalena, genau das habe ich auch immer zu sehen gemeint. Du bist tüchtig. Hast einen guten Sinn für die Sache ... den hast du wirklich.«

Voller Aufregung über das Lob geht Magdalena mit hochroten Wangen zu ihrem Platz und setzt sich wieder.

»Wer ist jetzt an der Reihe? Sophie?«

Erst als Klein Tyge vortritt und sich an seine Seite stellt, scheint der Vater wirklich interessiert. Mal um Mal fragt er den Jungen, was er von den Beobachtungen halte. Klein Tyge strengt sich so sehr an, dass ihm die Augen tränen; doch vor lauter Nervosität kann er den Blick nicht schärfen und sieht nichts anderes als das Visier der Armille. Und darin ein grauschwarzes Pulsieren. Der mächtige Leib des Vaters ist dicht hinter ihm.

»Erzähle uns, was du siehst, Tyge. Kannst du die Polhöhe einschätzen?«

Magdalena hört, dass sich die Stimme des Bruders verkrampft und er dem Weinen nahe ist.

»Ich weiß nicht, Papa.«

»Stimmt etwas mit dem Visier nicht?«

Der Junge versucht sich zum Vater umzuwenden, er will etwas sagen, doch Tyge schiebt ihn sofort an das Visier zurück.

»Nicht wegdrehen, Tyge. Nie den Blick lösen.«

»Aber ich habe etwas ins Auge bekommen, Papa.«

Magdalena hört, dass Klein Tyge weint.

»Das fließt mit den Tränen heraus, bleibe nur stehen. Es ist nicht schwer, Tyge. Du benutzt den Meridian im äußeren Kreis. Wenn du ihn auf den Halbkreis, in nordsüdlicher Richtung, einstellst, dann erhältst du die richtige Polhöhe.«

Der Junge steht mit hängenden Armen da. Am Ende greift der Vater nach seiner Hand und dreht mit ihr an der Schraube des äußeren Kreises.

»So. Jetzt kannst du die Polhöhe wohl leicht herausfinden, nicht wahr?«

Tyge bemüht sich, einen heiteren Ton anzuschlagen. Als der Junge nicht antwortet, sondern nur mit bebenden Schultern dasteht, versucht der Vater ihm zu helfen: »Auf dem Äquatorvisier findest du sowohl den Rektaszensionsunterschied als auch den Stundenwinkel. Im Inneren des Geräts stellst du den Deklinationsring dagegen, Tyge. Du brauchst die Deklination dann nur am mittleren Zylinder abzulesen.«

Es ist viel zu schwer. Keiner von ihnen versteht noch, wovon der Vater spricht. Klein Tyge weint und versucht ein bisschen an den Ringen herumzufingern, ohne zu wissen, was er tun soll.

Tyge sagt: »Nun, wenn du mir auf folgende Frage eine Antwort geben kannst, dann wirst du bei Brantings Besuch mein Assistent sein. Es ist überhaupt nicht schwierig, du brauchst also keine Angst zu haben.«

Er lächelt und berührt die Schultern seines Sohns: »Wie misst man die Position eines unbekannten Sterns?«

Als der Junge schweigt, sagt Tyge: »Ja, jeder von euch kann natürlich antworten. Es hat mit jener Sache zu tun, die wir gerade behandelt haben.«

Magdalena steht auf, versucht ihre Gedanken zu sammeln und sagt langsam: »Der eine Observator nimmt einen bekannten Stern durch den Äquatorring aufs Korn und der andere dreht den Deklinationsring auf den unbekannten Stern zu, bis er in der Mitte des Deklinationsvisiers steht, wo sich der Schattenstab befindet. Dann kann man«, sie errötet vor Stolz, »die Deklination und den Rektaszensionsunterschied des unbekannten Sterns im Verhältnis zu dem bekannten Stern ablesen.«

Tyge schaut seine Tochter an: »Wie tüchtig du bist, Magdalena.«

Sie blickt dem Vater direkt in die Augen und hört ihn sagen: »Es wird mir ein Vergnügen sein, dich an meiner Seite zu haben, wenn Branting kommt.«

Sie nimmt mit pochendem Herzen Platz und malt sich sofort aus, wie Branting ihre Arbeit würdigen wird, wie er, der Mächtige, sich zu ihr beugt, um besser zu hören, was sie sagt. Und sie wird genau wie ihre Tante Sophie werden, bewundert und respektiert. Aber im Unterschied zu Sophie wird sie ein richtiger Astronom sein.

Sie schaut zu Klein Tyge hin, der mit hochgezogenen Schultern dasteht, das Gesicht noch immer ans Visier gepresst, und plötzlich tut er ihr Leid.

»Klein Tyge«, sagt sie, »hat übrigens Vaters Schattenstab gefunden.«

Tyge wirft ihr einen raschen Blick zu – seine Stirn ist feucht –, bevor er sich an den Jungen wendet und fragt: »Ist das wahr? Hast du ihn gefunden?«

Der Junge nickt.

»Ja, aber wo hast du ihn dann?«

Magdalena holt den schweißnassen Stab aus der Tasche: »Hier ist er.«

Tyge bleibt der Mund offen stehen und der Junge gleicht einem Häufchen Elend. Dann erscheinen ein paar rote Flecken auf Tyges Gesicht, und während er spricht, klingt seine Stimme immer belegter, wirkt wie die eines alten Mannes: »Mein Sohn, mein lieber Junge. Du hast heute Abend das Allerwichtigste getan. Du hast das, was zerstört war, wieder zusammengesetzt, hast das Unvollkommene erneut vollkommen werden lassen.«

Er umarmt Klein Tyge.

»Du musst mein Assistent werden. Du sollst hier bei mir stehen, wenn Branting kommt.«

Magdalena verspürt ein heftiges Zittern. Es gelingt ihr, das Verlangen zu bekämpfen, einfach davonzulaufen. Rasch legt sie den Kopf nach hinten, damit ihr die Tränen nicht übers Gesicht rinnen, muss dann aber den Ärmel des Kleides über die Augen legen.

Es herrscht Schweigen in der Krypta. Tyge schaut die Kinder an. Sein Blick gleitet über ihre Gesichter. Magdalena hat sich abgewandt. Plötzlich entdeckt er, dass Sidsel den Halsschmuck der ersten Tochter Kirstine trägt. Die Uhr, denkt er, die nur zögernd läuft ... die versucht, die Zeit zurückzustellen ...

Tyge hebt den Blick zum Universum, das kalt und klar über Sternenburg steht. Er schaut mit halb geschlossenen Augen in den Sternenhimmel, bis die vorderen weißen Spitzen in die Dunkelheit zurücksinken und die dahinter liegenden Sterne hervortreten. Jetzt zeigst du dich, denkt er, Schicht für Schicht nimmt die Einsicht zu. Und dort ist er, der rote Stern, rot wie Kirstine. Und der Sohn, der starb, weil er geboren wurde, und der geboren wurde, als er starb, Klein Klaus, er hängt daneben. Blauer Schein, still leuchtend, denkt er.

Plötzlich meint er, etwas zu hören, und dreht sich um. Dort sitzen sie alle in einer Reihe: Magdalena, die Älteste, Sophie, die Lichte, Elisabeth, die Ruhige, Sidsel, die Lebhafte, Tyge, sein Namensvetter, und Jörgen, sein Jüngster. Die Gesichter der Kinder leuchten und scheinen sich in Konstellationen zu formieren.

Weißer Schein, denkt er, blauer, gelber und roter.

»Dort ist die große Schwester«, sagt er mit belegter Stimme und zeigt auf den Mars.

Dann blickt er zur Venus und murmelt:

»Und der kleine Bruder.«

September

Notizen, am heutigen Tag gemacht: »Über Sternenburg, über der dunklen Höhle meines Auges bewegt sich das Universum mit äußerster Langsamkeit. Mein Auge ist Sternenburgs Pupille. Sternenburg ist die Iris von Hven und Hven das Auge der Erde. Wir sind der Fixpunkt des Universums. Wir werfen unseren Blick direkt hinaus in die Tiefe, direkt ins Meer hinab, das uns auf allen Seiten umschließt. Die Sterne, halb versunken im Bodenschlamm, bleiben an der Langleine hängen.«

Er steigt zu der Krypta von Sternenburg hinunter. Graues Nachmittagslicht wabert um die Instrumente. Die Nacht wird diesig, ohne Nutzen werden, denkt er und setzt sich an den großen Tisch im Hypokaustum. Sein Blick gleitet über die Wände, die Instrumente, den Marmorboden. Er denkt, als ob das Licht nur außerhalb des Schattens fällt, ist es hier drinnen dunkel. Ist verschlossen, überzogen von trockener, toter Haut. Doch besser so. Lieber Schatten. Denn nichts anderes als die Dunkelheit schenkt Leben.

Tyge legt sein Gesicht in die Hände und schließt die Augen. Schwäche überkommt ihn. Wird es denn schon Herbst, fragt er sich. Schwarze Blätter, Wind und Regen, hervorgetrieben aus den kalten Höhlen des Nordens.

Er streicht mit der Hand über die Tischplatte. Die Lederintarsien im Holz sind verziert mit goldenen Ornamenten. Er spürt die Vertiefungen an den Fingerspitzen. Auch wir, denkt er, befinden uns in Vertiefungen. Bewegen uns auf Rillen entlang.

Er sieht plötzlich die Nässe auf dem Steinfußboden, die feuchte Täfelung, die Wassertropfen, die von den Armen des Kronleuchters herabfallen, und macht sich Sorgen, dass die Bücher schimmeln könnten. Er steht auf und ruft der Magd zu, sie möge rasch ein Feuer anzünden. Dann verharrt er reglos in der Stille, die nach dem Erklingen der eigenen Stimme eintritt. Es riecht nach Erde, nach schwarzbraunem Lehm, nach Glas und Holz. Ich bin, denkt er, das Auge in der Öffnung, umschlossen von den Wänden Sternenburgs. Von hier aus begibt sich der Blick hinaus und bleibt zugleich hier. Gelber Schein, denkt er, blauer, weißer und roter. Tyge schließt die Augen und sieht die Sterne vor sich, ihre Spitzen und Zacken. Versucht, sie von allen Seiten zu betrachten, sie in seinen Händen zu spüren. *Schwesterchen groß und Brüderchen klein.* Er schiebt die Holzverkleidung hinter dem Tisch beiseite und kriecht in den Schlafalkoven. Dort lässt er sich nieder, atmet tief ein und legt sich zurück in Erwartung der Nacht. Bevor er einschläft, denkt er noch, dass es zwei Sternenburgs gibt: jenes, in dem er jetzt weilt, und das andere, das in seinen Träumen existiert. Als er überlegt, ob sich die Schöpfung für Gott wohl genauso ausnimmt – zwiefach, sich widerspiegelnd –, meint Tyge, die Erde beginne zu rollen. Er drückt sich gegen die Wand und spürt, wie jemand den Boden langsam schüttelt und rüttelt, um alles Unnütze loszuwerden. Aber ich bin nicht unnütz, denkt er, ich sitze sicher in Sternenburg, jenem Ort, der für mich ausgehöhlt wurde.

✳

Die Krone des Orangenbaums im Garten. Das Kristallglas im Schrank, die Rose im Fenster, die Wange im Spiegel. Das ist Hven. Dann ist da noch Lerberget. Mit dem ungesunden Wetter. Wind, der um die Ecken der Hütte fegt, und jener scharfe Geruch nach Moos, das die Ritzen im rußgeschwärzten Elternhaus abdichtet. Lerberget. Wo die Steine in der Erde den Pflug des Bauern zerbrechen. Lerberget, wo der Wind unablässig vom gefährlichen Meer her bläst. Wo die Fischer beim Hinausfahren den Blick nicht vom Land zu lösen wagen. Wo die Ameisen ihre Wege durch den Sand graben. Bald, denkt Kirsten, bin ich wieder dort. Stehe mit gerafftem Rock und schmutzigen Fingern im hellen, salzigen Gemüsefeld. Sie nähert sich dem Bild in Gedanken, so weit sie nur wagt. Schließt die Augen und blickt erneut hin. Die dort im Spiegel, denkt Kirsten, gleicht einer Königin. Gekleidet in kostbare Gewebe. Gold um den Hals und am Finger einen schweren Amethystring. Das Haar unter der Haube gelockt. Ja, sie gleicht einer Königin. Kirsten hebt den Arm und betrachtet den schweren, schimmernden Stoff ihres Kleides. Die Augen aller meiner Kinder glänzten dunkel, als sie geboren wurden, erinnert sie sich. So wie meine. Dann wurden sie hell und blau, glichen Tyges. Sie sind allesamt seine Kolonien. Keines von ihnen hat meinen Blick. Alle haben sie den seinen, so wie sie auch seinen Namen tragen. Mich gibt es gewissermaßen nicht. In keinem Familienregister, nirgendwo in den Kirchenbüchern. Kirsten beugt sich zum Spiegel vor und verspürt den Geruch von Blei. Sie lässt Stirn und Nase an der dunklen, kalten Fläche ruhen. Steckt die Zungenspitze heraus und leckt am Glas. Nur dann gibt es mich, denkt sie, wenn ich mich selbst betrachte und sie, diese Kirsten, sehe. Sie in meinem Blick trage. Nur das Glas trennt uns voneinander. Doch wer ist jene, denkt sie, die ich zwischen Spiegel und Auge gefangen halte? Bin ich das, eingesperrt zwischen Glas und Blick?

*

Sie sind unterwegs zum Sonntagsgottesdienst. Tyge fühlt Kirstens Oberarm an seiner Seite und blickt verstohlen zu ihr hinüber. Ihre Stirn glänzt und der Schatten der Haube lässt die Haut grünlich schimmern. Ihre Augen wirken müde. Der Stoff ihres dunklen Kleides scheint zu flimmern und zu fließen. Sie kleidet sich prunkvoll, jedes Mal wenn wir die Kirche besuchen, denkt Tyge. Arme Kirsten. Beklagenswert wie all die Mittellosen.

Sie gehen zwischen den weißen Steinen auf dem Friedhof umher. Einen Moment lang stehen die Grabmale in den üppigen Baumschatten des Spätsommers getaucht, denkt Kirsten, im nächsten Moment sind sie im Novembernebel verschwunden, der aus allen Himmelsrichtungen herantreibt. Die Zeit steht still und schreitet zugleich weiter fort. Kirsten versteht nicht, wie das so schmerzfrei geschehen kann. Sie schließt die Augen und meint zu spüren, wie das Wasser um sie und ihre Familie aufsteigt, sich langsam um ihre Knöchel schließt.

Sie schiebt ihre Hand unter Tyges Arm. Schweigend und bedrückt gehen sie auf die Kirche zu. Die alten Frauen ziehen ihre schwarzen Kopftücher dichter um die Wangen. Erst als sie in der Brahebank stehen, öffnet Kirsten wieder die Augen.

Oktober

Als er an der westlichen Küstenlinie entlangreitet, sieht er unten am Wassersaum zerlumpte Kinder hin und her laufen. Diese Kinder, die jeden Unrat, den das Meer ans Ufer spült, aufsammeln, leiden im Winter ständig Hunger. Wenn Nahrungsmittel nach Uranienburg hinaufgeschafft werden, können sie den Blick nicht von den Tonnen und Bottichen lösen.

Die Einzige, die etwas für diese Kinder tut, ist Kirsten. Das ganze Jahr über verteilt sie Essen und betreut die Siechenstube. Unentgeltlich heilt sie die Kinder, hilft vielen, auf die Welt zu kommen. Sie gibt den Armen Tinkturen und Medizin, genau wie jene, die bis aus Kopenhagen herkommen, doch tut sie es kostenlos. Und dennoch, denkt Tyge, zögern die Leute nicht, zum Dank hinter ihrem Rücken auszuspucken. Diese zahnlosen Lehmmenschen meinen, Kirsten stehe im Rang selbst noch unter ihnen. Weil sie nicht kirchlich getraut ist.

Tyge weiß, dass Kirsten glaubt, jemand müsse gut sein, sobald ein anderer böse ist. Damit die göttliche Balance und Symmetrie aufrechterhalten wird. Damit zwingt sie ihn, ohne darüber nachzudenken, auch weiterhin böse zu sein.

Er lässt das Pferd am Strand in den Schritt fallen. Nach einem Weilchen sitzt er ab und geht neben dem Tier her. Das Wasser schlägt glucksend gegen die Steine. Die Algen sind grün und glitschig. Die Kinder haben ihre zerlumpten Kleider bis zur Taille hochgebunden. Mit bloßem Unterleib laufen sie im kalten Oktoberwasser umher, fangen kleine Fische oder sammeln Muscheln. Tyge bemerkt bei ihnen hässliche schwarze Wunden an

Knöcheln und Knien. Er kommt an einem Kübel vorbei, der im Sand steht. Dünne, durchsichtige Garnelen bewegen sich matt im Wasser. Ein Stück entfernt sitzt eine Frau am Strand und gibt auf die Kinder Acht. Sie lacht, kneift die Augen zusammen und ruft ihnen immer wieder etwas zu. Ein Neugeborenes liegt an ihrer linken Brust.

Durch seine dünnen Ledersohlen spürt Tyge, wie eisig kalt der Sand ist. Nässe liegt starr auf lockereren, weicheren Schichten. Die Sonne steht flach über der Erde und das Tageslicht schimmert vergänglich.

November

Jetzt ist die Zeit der Sternschnuppen gekommen. Der November ist der richtige Monat, neben dem August. Tyge sitzt auf einem weichen Schemel an der Zodiakal-Armilla in der nordwestlichen Krypta von Sternenburg und wartet darauf, dass der Polarstern erscheinen möge, damit er Längen und Breiten der anderen Sterne bestimmen kann. Er weiß, hinter Wolken und Nebeln liegt die Schrift und wartet auf seinen Blick, auf seine Gedanken, seine scharfen Berechnungen. Er schließt die Augen und stellt sich Urania vor. Langsam zieht sie um den festen Punkt der Erde. Ihre dicken Locken streifen über Baumkronen, Gras und Menschen – all das, verwandelt von der Nacht.

Ich hole euch aus der Dunkelheit, denkt Tyge. Auch dich, der du nicht geboren wurdest. Er erinnert sich an das Kind, das mit dem Blut aus Kirsten herausgeflossen war, noch ehe es Gestalt annehmen konnte. Polarstern, Regenstern, Schneestern. Todesstern. Bei euch ist es so still. Er reibt sich die brennenden Augen und unzählige Lichtpunkte erscheinen hinter seinen Lidern: Sternsamen, Pollen aus Licht.

Jetzt kommt die Magd mit dem Essen die Treppe herunter. Sie tischt große Stücke kräftigen Brots auf. Ein Schüsselchen Kräuterquark. Speck und Wurst. Sie gibt Acht, dass sie die Teller auf die Rostflecken des Leinentuchs stellt. Hier in Sternenburgs Unterwelt ist es sehr kalt. Tyge isst, und dann geht er in die Wärmestube hinaus, um seine Milch mit den Studenten zu trinken, die um den großen Ofen sitzen, essen und sich erholen. Die Jungen rutschen näher an die Wärme, starren in die Flammen und zwinkern leicht, wenn der Rauch sie irritiert.

Auf der anderen Seite des Ofens steht ein Junge, dessen Aufgabe es ist, das Feuer zu bewachen. Es ist jener, der als stumm gilt. Tyge schaut den Jungen an. Langsam gleiten dessen schmale Hände von der Kehle über die nackte Brust hinunter. Der Blick geht zu den Flammen. Und hinter dem Kind sieht Tyge ein anderes Kind, das mit Ball, Stock und einer Puppe spielt. Ich bin es, denkt er. Das ist Vaters Tyge.

Das Feuer schiebt sich nach vorn, drängt über die Kante der Luke und ein brennender Holzspan fällt auf die Erde. Der Junge, der das Feuer bewacht, stößt Sand um die Splitter, stampft mit nackten rosa Füßen auf der Glut herum. Er presst die Lippen zusammen. In ihm, denkt Tyge, leuchten die Worte, die die Zunge nicht zu formen vermag, als wären es unfixierbare Sterne. Und sein hohles Inneres ist wie ein Stück leichtes Holz, das gegen den Landesteg hämmert und klopft.

Tyge trinkt seine heiße Milch. Der Junge gibt schwache, glucksende Laute von sich. Wie eine Taube.

»War dein Name Nils?«

Der Junge nickt.

»Du bist ein tüchtiger Bursche.«

*

Später am Abend geht er an den Bänken entlang, auf denen die Studenten sitzen. Sein Sohn Tyge befindet sich nicht an seinem Platz. Er nimmt einen der Jungen beim Nacken und beugt seinen Kopf auf die Tabellen hinunter. Das zu tun, vergisst er nicht. Aber warum er es tut, das hat er vergessen.

*

In der Nacht geht er zurück nach Sternenburg. Durch die Wolkenfetzen betrachtet er seine Sterne, fügt sie in die Ordnung ein, in die sie gehören, rettet sie erneut vor dem Durcheinander, dem Chaos, der Sinnlosigkeit. Er denkt über ihr Aussehen nach. Sind es kleine, leuchtende Kristallkörper? Es gibt viele, die glauben,

Sterne seien kleine Körper, die an einer durchsichtigen sphärischen Schale befestigt sind. Aber existiert auch etwas jenseits dieser Schale?

Im Hypokaustum holt er seine Schreibutensilien hervor. Sorgfältig nimmt er die Geräte aus ihren Etuis, bläst die Feder locker, streicht mit den Fingern den angespitzten Kiel sauber, achtet diese geringsten Brüder der Wissenschaft. Danach zieht er das Dach beiseite, sodass sich ein Spalt direkt ins Universum öffnet. Keine Distraktionen, nur dieser dunkle Spalt, ein von schummrigem Licht umgebener Eingang.

Gemachte Aufzeichnungen: »Roter Stern, blauer Stern und weißer. Alle haben sie verschiedene Zacken und Spitzen. Sind tief greifende, schwer wiegende Sensationen. Ich fühle, wie sie in mich hinabsinken, zu etwas in meinem Blick werden, etwas von mir wollen.«

Tyge hält inne. Legt das Blatt beiseite und schreibt auf das nächste: »Unzählig sind deine Gestalten, Herr. Ich habe dich neu und alt gesehen. Ewig veränderlich ist dein Gesicht – oder soll ich sagen – der Ort für dein Gesicht?«

✳

Es ist bald Abend. Abend für Abend auf Hven. Tyge sitzt in seiner Kammer und wartet darauf, dass es dunkel wird. Er hat soeben seine Mahlzeit eingenommen. Spürt, dass das salzige Fleisch nach Branntwein verlangt. Er schließt das Wandschränkchen auf, holt Glas und Flasche heraus. Wieder am Tisch sitzend, trinkt er rasch vier Schnäpse hintereinander. Unter dem Dach ein Säuseln. Die Reisekluft liegt, mit Kräutern versehen, in der Kleidertruhe. Das Medaillon in seinem Schrein. Das Schwert hängt im Waffenschrank. Die Männer haben seit langem aufgehört, morgens zum Hafen zu gehen. Sie erwarten nicht mehr, dass er seinen Obliegenheiten nachkommt.

Und wenn er es täte?

Tyge greift zu den Skizzen über seine Beobachtungen. Er zeichnet ein paar Sterne für den Katalog, bemerkt jedoch, dass ihm von dem Getränk schwindelt. Eine Schicht durchsichtigen Alkohols liegt zwischen dem einen Gedanken und dem nächsten. Erneut erinnert er sich an die Verpflichtungen und ein Gefühl der Beklemmung macht sich breit. Ihm ist, als würden die Farben weggezogen und zurück bliebe nur ihr grauer Hintergrund. Bei dem Versuch, das Unbehagen abzuschütteln, steht er auf, gerät jedoch ins Wanken. Die Feder fällt zu Boden und rollt unter den Tisch. Er stellt sich ans Fenster und blickt hinaus. Die Novemberkälte klirrt über dem eisbedeckten Sund. In Hälsingborg flattert eine Fahne auf Kärnan. Durch die Eisreflexe wirkt es, als sei der Turm in der Mitte abgebrochen. Dort, denkt Tyge, sitzt Schwesterchen Sophie zusammen mit Mutter Beate. Dort in den Städten ist alles Zwang und Konvenienz. Hier an Hvens abgerundeter Küste kann ich atmen. Deshalb ertrage ich es nicht, wenn Zwang in mein Leben eindringt. Wenn man mich zu zwingen versucht, von hier wegzufahren, um diesen Obliegenheiten nachzukommen, wenn man mich von meiner Arbeit losreißen will. Ich ertrage es nicht. Ebenso wenig ertrage ich es, Kirstens müde Züge und ihre traurigen Augen zu sehen.

Er hat das eine seiner Lehen verloren. Über Nordfjord verfügt er nicht mehr. Nun gehört es dem Lehnsmann von Bergenhus. Das ficht ihn nicht an, sagt er sich zum wiederholten Mal. Nordfjord war eigentlich nicht für ihn bestimmt – nicht wie Hven, nicht wie Roskilde und Kullen.

Er legt den Arm über die Augen und sinkt auf den Stuhl zurück. Auf Kärnan hat man heute geflaggt, denkt er. Gewiss hat man hohen Besuch.

Langsam steht er wieder auf und stellt sich ans Fenster. Die letzten Sonnenstrahlen gleiten über das Wasser, bewegen sich über die Glasscheibe.

Verloren in Gedanken an Kirsten, an den Verlust von Nordfjord, die Obliegenheiten, steht er dort, die Stirn und die metallene Nasenspitze an das Fenster gepresst.

Im Laboratorium verbrennt er sich unversehens am Schwefelkies. Der Schmerz lässt die Hände erzittern. Plötzlich bemerkt er sie, diese Hände, er nimmt sie als sein eigenes Werkzeug wahr. Sie sind faltig, versengt. Er setzt sich auf den Schemel. Vermeint zu spüren, dass mitten in seinem Körper Glas erzittert. Spröder Klang, Geisterstimme. Ein klarer eisiger Sopran. Die Stimme eines Mädchens.

Der Vater beugt sie nach vorn auf den Holzbock. Das Gesicht dreht sich zur Seite, die Wange wird platt gedrückt, als er ihren Kopf hinunterpresst. Tyge kann ihr entblößtes Zahnfleisch sehen, begreift, was für entsetzliche Angst sie hat. Der Vater lüftet die Röcke. Die bläuliche Haut der Kniekehlen. Die mageren Gesäßbacken. Sie zittert und bepisst sich. Vaters Rücken krümmt sich, wird wieder gerade, und dann bedeutet er Tyge zu kommen. Das Gefühl, sie umzubringen, sie tatsächlich umzubringen, als er sein Glied hineinpresst. Und das Blut am Vater, das Blut an ihm. Hinterher, erinnert sich Tyge, macht er es wie der Vater, wischt sich mit Stroh sauber. Später wird er in seinem Zimmer stehen, sich über einen Zuber beugen und versuchen, das Blut abzuwaschen. Alles Blut, denkt er damals, wird im Wasser grau. Und als sie gekrümmt aus der Scheune verschwindet, ohne dass sie wagt, die Männer anzusehen, macht sie zuletzt noch einen kleinen, fast nur angedeuteten Knicks. Stärker als die Angst vor dem Tod ist der Respekt und die Furcht vor der Herrschaft. Sie weiß nicht einmal, dass sie es tut.

Tyge fragt sich, ob der Schatten, der in jenem Moment über sein Herz hinwegzog, wohl seinen Sinn verkehrt hat, ob er ihn auch heute noch hindert, Gutes zu tun, recht zu handeln, Kirsten zu ehelichen.

Er richtet sich auf. Betrachtet die Gegenstände um sich herum. Die Retorte liegt vergessen über dem Feuer. Die Flamme hat am Glas geleckt, bis es schwarz geworden war. Unsere Erinnerungen, denkt er, werden wie Schnee zu Wasser werden, sie werden schmelzen und über die Wege in die Grabenfurchen rinnen.

Das Schloss ist von schalem Dunkel umgeben. Er geht zum Fenster und schaut zum Himmel hoch. Dort hängen die zitternden Sterne. Es sieht aus, als hätten sie Samen verstreut, dicke Haufen, es sind so viele. Wie wenn man eine Blume auf Stoff zerreibt. Jetzt kann ich mit dem Hören anfangen, denkt Tyge. In der Dunkelheit vermag ich die Dinge zu unterscheiden. Ist das Licht also nur ein stilles Dunkel?

Dezember

Die Jungfrauen gehen in einer Reihe. Ihre dünnen Röcke rascheln um die schmalen Fesseln. Die Jungfrauen ziehen durch das Schloss. Sie spielen auf Flöten und verteilen Früchte. Sie haben lange rote Bänder im Haar. Die Jungfrauen betreten das Eis. Gehen Schritt für Schritt durch knisterndes, abgebrochenes Schilf. Sie spielen ohne Unterlass auf der Flöte. Die Leute, die ihnen die ganze Zeit gefolgt sind, bleiben am Ufer stehen und schauen ihnen nach, als sie nach Norden verschwinden, auf dem Weg zur Kirche von Sankt Ibb. Sie gehen auf dem Eis in dünnen Lederpantoffeln, sind bekleidet mit weißen Röcken. Die Sonne ist bereits untergegangen, und der Zug entschwindet mehr wegen der Dunkelheit, als weil er so weit entfernt ist. Die Laterne der letzten Jungfrau erzittert weit draußen auf dem Eis.

*

Der Duft von süßem Reis, den Kirsten in Uranienburg zur Weihnachtszeit kocht, zieht von Zimmer zu Zimmer. Der Topf muss auf dem Feuer stehen, bis der Reis dick und klebrig ist. Dann wird er mit Brot, Honig, Obst und Rosinen gegessen. Es gibt Blaubeerenmus auf Schinken und Schweinebauch. Für die Kinder müssen sie auch Süßigkeiten an den Baum hängen. Tyge lächelt, als er sich vorstellt, wie die Kleinen versuchen werden, an die obersten Zweige zu gelangen. Ihre Gesichter treten aus der Dunkelheit hervor, beleuchtet von flackernden Flammen: Magdalena, Sophie, Sidsel, Jörgen, Klein Tyge und Elisabeth. Doppelspiegel: in ihren klaren Augen die Widerspiegelung der

Sterne. Und die dunklen Pole hinter den anderen: Kirstine und Klaus. *Schwesterchen groß und Brüderchen klein.*

*

Er geht auf dem schmalen, freigeschaufelten Pfad zu Sankt Ibbs Kirche hinauf. Um ihn herum macht der Winter sich breit. Von hier aus hört er nur die hohlen, dumpfen Laute, sieht allein die eisigen, grimmigen Sterne. In der Dunkelheit des Friedhofs bleibt er stehen. Eine Fuchsspur führt über die Gräber. Die Kinder sind von Schnee bedeckt, verborgen, im harten Griff des Frostes. Hoch über ihnen die weichen Pfoten des Fuchses im Schnee: der Gang der Zeit. Das Rotieren des Tierkreises.

Hven, im Jahr 1590

Ist es besser geworden? Ist die Zeit leichter, einfacher? Oder ist jetzt gar alles schwerer? Kirsten ist in der gleißenden Märzsonne unterwegs zur Siechenstube, in diesem ersten Quartal des letzten Dezenniums. Das sechzehnte Jahrhundert nähert sich seinem Ende. Sie sieht das westliche Ufer ins Meer abfallen. Im Sonnenlicht scheinen die Dinge aus ihrer Trübheit hervorzutreten, stehen vor ihr, gänzlich in dieser Welt, ohne Erinnerungen, ohne Schlaf. Im Sonnenlicht sind die Dinge von ihrer Vergangenheit befreit: Scharfe Konturen trennen sie von ihren Schatten. Auch sie hat ihre Vergangenheit verloren. Ihr Vater ist tot. Heute wird er in Lerberget begraben. Magdalena ist dort, zusammen mit Elisabeth. Bei diesem Gedanken sieht Kirsten das Gesicht des Vaters vor sich. Seine sanften grauen Augen. Das zitternde Kinn. Jener Augenblick, als sie ihm von Tyge erzählt hat, erscheint wie so oft in ihrer Erinnerung. Die plötzliche Altmännerverzweiflung des Vaters. Dann der Zorn und die Schmähworte. Hat er mich damals Hure genannt?, fragt sie sich. Sie fühlt, wie sich ihr Hals zusammenschnürt bei dem Gedanken an jene Liebe, die sie einst verband. Auf seinem Schoß zu sitzen und ihn von den Judenkönigen und der ägyptischen Prinzessin erzählen zu hören. Von Jonas, der sich im Bauch des Meeresungeheuers befand. Papa, denkt sie und ihr Herz beginnt heftig zu schlagen. Vater, lieber Vater.

In diesem Märzmonat des Jahres 1590 erhält Tyge Brahe ein dreißigjähriges Privilegium von König Jakob von Schottland. In der Zueignungsurkunde ist unter anderem zu lesen: »… Wir haben hiermit besonders hervorheben wollen, dass wir Euch mit diesem Privilegium öffentlich für diese Eure Verdienste zu belohnen und Euch auch weiter zu ermuntern gedachten, mit Ernsthaftigkeit und Fleiß jenes zu vollenden, was Ihr so glücklich begonnen, wenngleich Ihr durch Euch selbst hinreichend Ermunterung erfahren habt.«

Tyge lässt das Schreiben in den Schoß fallen und reibt sich das Kinn. Er möchte Kirsten rufen, aber sie hat sich den ganzen Tag nicht blicken lassen. Er befühlt das Blatt und registriert das klare Weiß des Papiers. Es ist der gute Branting, der mir geholfen hat, denkt er. Wenn der Titan spricht, verstummen die kleinen Speichellecker. Tyge lächelt bei dem Gedanken an die dröhnende Stimme und die schwarzen Brauen des alten Mannes. Freunde, denkt er und verspürt ein lustvolles Gefühl der Befriedigung. Nun kann man die Verdrießlichkeit wegen des Lehens Nordfjord vergessen. Jetzt ist die Sache wettgemacht, er ist nicht länger gedemütigt. Endlich entschädigt, sagt er sich lächelnd. Er erhebt sich, um nach Sternenburg zu gehen. Auf dem Weg durch den Flur legt er das Privilegium in Kirstens Zimmer.

Uranienburg, 1596

Kirsten liest im Kalender, und Tyge blickt träumerisch auf die Tabellen, als es klopft.

»Ja?«

Anders öffnet die Tür einen Spaltbreit und sagt leise: »Hier ist ein Bote.«

Tyge dreht sich zur Tür um, und Kirsten legt das Buch nieder, als der Bote das Zimmer betritt. Er übergibt die Nachricht und aus seinen Kleidern schlägt ihr der Geruch von Feuerholz und Kälte entgegen. Mit Erleichterung bemerkt sie, dass die Botschaft nicht das königliche Siegel mit den roten Quasten trägt. Es ist nur ein einfacher weißer Papierbogen, versehen mit schwarzem Lackzeichen. Tyge rollt das Schreiben auseinander und beginnt langsam zu lesen. Kirsten starrt ihn an, um herauszufinden, welche Art von Nachricht es sein mag. Sie sieht Tyges alte, zitternde Hände, die das Papier halten, sieht den Boten, der schweigend am Türpfosten lehnt, das Gesicht im Schatten. Tyges Blick wandert von Rand zu Rand. Als er schließlich aufsieht – sanft lächelnd, die Zunge gleitet über die Lippen –, hofft Kirsten, dass es gute Nachrichten sind. Aber Tyge schaut an ihr vorbei und flüstert: »Es ist nichts Gefährliches …«

Dann rollen ihm Tränen über die Wangen. Er wiederholt, beinahe zärtlich: »Es ist nichts Gefährliches, meine Liebe.«

Er erhebt sich vom Stuhl und stellt sich ans Fenster, wendet ihr den Rücken zu. Sie hört, wie er sich räuspert. Das Papier ist auf dem Stuhl zurückgeblieben. Sie nimmt das Dokument auf und liest es rasch durch. Es enthält die Nachricht, dass Branting, Tyges wichtigster Verbündeter, verstorben ist. Sein plötzliches Ableben erfolgte aufgrund einer Gehirnblutung, zu der es nach einem scharfen Ritt mit dem König gekommen war.

Kirsten betrachtet ihren Mann. Brantings Tod hatte sie seit langem vorausgeahnt. Nun sieht sie plötzlich, dass sich die Reihe wirbelnder Ereignisse zu bestimmten Mustern fügt; sie verhaken sich ineinander und bewegen sich auf sie zu. Vor dem weißen Himmel im Fenster zeichnet sich der Umriss von Tyges einsamem Rücken scharf ab.

Dort steht er und weiß nicht, was er tun soll. Er begreift, dass er jetzt ganz allein ist. Niemand ist mehr da, der ihn wirklich wahrnimmt, keiner, der seine Forschung versteht. Niemand wird mehr sagen: »Das hast du gut gemacht, mein Junge … das hast du schlau herausgefunden …«

Er dreht sich um und versucht Kirsten anzusehen. Sie steht auf und führt ihn behutsam zurück zu seinem Stuhl. Er setzt sich. Starrt auf seine offenen, leeren Hände im Schoß. Betrachtet seinen Leib, und ein Gedanke stellt sich ein: Wenn ich als Kind Prügel von meinem Vater bezog, erlebte ich eine Art Betäubung meiner Gedanken, die dafür sorgen sollte, dass alles wieder normal würde. Das Gesicht blieb unbeteiligt, das Mienenspiel erschien fremd und erstarrt. Alles war seiner Fülle beraubt. Als wären die den Dingen anhaftenden Bedeutungen, ihre Schatten und Konturen, fast gänzlich ausgelöscht. Alles hing lose im Raum, getrennt voneinander. Und meine Gedanken bestanden aus harten, platten Wörtern: Die – Zeit – ist – plötzlich – nichts – Ich – werde – jetzt – alt …

Tyge steht langsam vom Stuhl auf. Er geht allein die Treppe hinunter und öffnet die Tür zum Winterspeisesaal, in dem Brantings Familienporträt hängt. Nach dem Tod tritt das Dunkel in den Bildern hervor, denkt Tyge und sieht Branting in dem immer dichteren Schatten unter den Blättern des Baumes stehen. Bedrückt halten seine Frau und seine Kinder den Atem an, in Erwartung der Finsternis. Bald gefangen, denkt er, in dem inhaltslosen Dunkel. Hinter Branting ist der Tod bereits über Baumkronen, Vögel und Grashalme gestrichen. Tyge sieht Rußflocken auf der breiten Stirn des Freundes landen, und er denkt, dass die Zeit der Mannhaftigkeit für ewig vorbei ist. Einsam, denkt Tyge, werde ich hier wandern und mich gegen den Wind stemmen.

Die anderen sind jetzt hereingekommen. Tyge öffnet den Mund und gibt die Anweisung, man möge Kondolenzen an die Witwe und den Sohn senden. Seine Hand hat sich in der Lendengegend vergraben. Bei dem brennenden, stechenden Schmerz.

Schon ist ein neuer Rektor an Kopenhagens Universität berufen: Thomas Fincke, der sich mit Vorlesungen einen Namen gemacht hatte, in denen er Tyges Forschung verspottet und ihn durchweg »jenen ungeratenen Herren« genannt hatte.

Gleich Schmeißfliegen scharen sich Feinde um den neuen König, denkt Tyge, dreht den anderen den Rücken zu und lässt sich schwer auf einen Stuhl fallen. Plötzlich wird ihm bewusst, dass er jedes Mal, wenn das Brennen einsetzt, an das Bauernmädchen denkt. Vielleicht ist es ein Übel, das sich durch sie in seinem Inneren breit macht. Ist es das, was ihn hindern wird, den Sternenhimmel zusammenzufügen, was ihn vielleicht zum Aufgeben zwingt, noch bevor er sein System beweisen können wird?

»Die Erde im Zentrum«, flüstert er. »Um die Erde die Sonne, um die Sonne die Planeten.«

In der klaren, kalten Sonne stehen zitternde Atemwolken – sie ähneln Hasen im Winterkleid – vor den offenen Mündern der fünf vor Angst schlotternden Bauern. Der Staat aber fordert Gerechtigkeit, und das hier ist die Gerechtigkeit, die der Staat bestimmt hat. Tyge nickt dem Henkersknecht zu, der die Rute hebt. Die nackten Rücken winden sich im Krampf und die Beine zucken. Starr, auf der Nase das kalte Metallstück, steht Tyge vor ihnen. Nach der Strafe schaut er den Bauern genau ins Gesicht, doch kann er keinen Hass erkennen, als sie seinen Blick erwidern.

Mitten durch die schweren Fäkaliengerüche des Packs geht er über das froststarre Gras zurück nach Uranienburg. Doch kann er es nicht über sich bringen, das Schloss zu betreten, sondern entschließt sich stattdessen zu einer Reittour.

Er jagt dahin, das Pferd ist bald schweißbedeckt, der weiße Schaum lässt ihn an Buschwindröschen im Frühjahr denken. Die Schatten werden flach, hart, scharf, schräg und kurz. Tyge reitet hinauf zu den Waldstrichen an der Nordwestseite. Erst als er direkt am Steilufer steht, wendet er das Pferd und begibt sich auf den Heimweg.

Er sitzt ab, wirft Anders die Zügel zu und stürzt in den Winterspeisesaal. Dort schenken die Mägde ihm ein. Als er den Becher an die Lippen hebt, verspürt er dessen metallischen Geschmack. Die Beinkleider kleben an der Haut. Er bedeutet Anders, näher zu kommen und ihm die Füße zu wärmen.

Er weiß, dass sich Kirsten bei den Gestraften aufhält. Sie säubert ihre Wunden und bestreicht sie mit ihren Salben. Dann wird sie in ihrer Kammer sitzen, die Stirn in die Hand gestützt, und wird vor Müdigkeit weinen. Eine Zeit lang wird sie nicht mit ihm reden wollen. Die Männer wurden hart bestraft. Alles, denkt er, muss sie sühnen. Sie muss die Gute sein und sie versteht meine Aufgabe nicht. Begreift nicht, wie es ist, der sein zu müssen, der ich bin.

Wieder hebt er seinen Becher. Die Hand zittert. Mir wurde die Macht verliehen, denkt er, ich bin gezwungen, sie auszuüben. Ohne Rücksicht auf meinen Willen. An einem Bauernmädchen, dem ich Gewalt antun musste. Stehe still an einem fließenden Wasser. Er starrt auf den Wein hinunter und grübelt.

Als er aufsieht und aus dem Fenster blickt, bemerkt er, dass dicht über dem Boden Nebelschwaden in Richtung Sternenburg ziehen. Dreihundert Sterne bleiben ihm noch für seinen Katalog. Es sollen mehr werden, als Ptolemäus hatte. Das waren gut tausend, denkt er, tausendachtundzwanzig genau. Wenigstens tausendsechzig, beschließt er, will ich erreichen.

Kirsten greift nach ihrem Korb mit den Arzneien für die Siechenstube und betritt Tyges Zimmer, schaut sich um und entdeckt die Münzen auf dem Schreibtisch. Sie streicht das Geld mit der Hand in den Korb und denkt, dass er sie dazu zwinge. Jeder Brutalität von seiner Seite setzt sie trotzig eine gute Tat entgegen. Doch dass ich versuche, ihn mit Güte zu bestrafen, denkt sie bitter, macht mich zu einer weit größeren Heuchlerin.

*

Es klingt wie das Weinen eines kleinen Kindes. Er wacht von dem Geräusch auf und begreift, dass er selbst es gewesen ist, der im Schlaf gewimmert hat. Es ist noch sehr früh, kurz vor der Morgendämmerung. Eilig zieht er sich an und geht leise durch die Korridore, ohne jemandem zu begegnen. Doch im Waschhaus stehen schon ein paar Frauen und kochen Kleider und Laken in hohen Bottichen aus. Er geht durch den Dampf und gelangt in die trockene Kälte hinaus.

Er läuft gebückt an der Schlossmauer und später am Wall entlang, bis er auf die Felder kommt. Sein Atem gleicht dem Bellen eines Hundes. Er keucht und schwitzt. Wagt nicht, sich umzusehen. Voller Furcht, dass hinter ihm alles bergab gehen könnte, steil abfallen auf das Chaos zu.

Ermattet hält er an einem Gehölz mitten auf einem lehmigen Acker inne. Dort lässt er sich hinter einem Baumstamm nieder. Unentwegt sieht er die Männer vor seinem inneren Auge. Die nackten Rücken der Bauern und den Dampf, der von den langen dunkelroten Striemen aufstieg. Die Blicke aus ihren hellen dänischen Augen. Sie wirkten nicht zornig, denkt er, nicht hasserfüllt – nur verständnislos. Sie haben mich angesehen, und ich wurde schwach, war ihnen gegenüber nicht im Recht, war im Unrecht, tat unrecht …

Tyge denkt, dass er die Bauern begraben will. Sie verstecken will, sein eigenes Tun in ihren vergrabenen Körpern verbergen will. In eine Schneewehe will er sie legen. Warum, fragt er sich, habe ich sie bestraft? Ich erinnere mich nicht mehr. War es wegen der Papiermühle? Wollten sie nicht dort arbeiten? Ja, so war es. Sie behaupteten in ihrer sauren Rübensprache, ich hätte kein Recht, noch mehr Nutzen aus ihnen zu ziehen. Sie sagten, ihre Tagewerke seien bereits abgeleistet und daher würden sie sich weigern, neben der Arbeit auf dem Feld und im Hafen auch noch in der Papiermühle Dienst zu tun. War ich im Unrecht, weil ich sie zwingen wollte? Aber wie sollte das Papier sonst fertig werden? Wie die Bücher gedruckt werden? Wie sollte die Mühle laufen?

Ich will doch, denkt Tyge, im Frühjahr meinen Sternkatalog publizieren. Und dazu mein größtes Werk: *Theatrum Astronomicum*. Warum weigern sie sich, das zu verstehen?

Er presst die Augen fest zusammen, aber sie befinden sich noch immer dort, Seite an Seite. Ihre mageren, rot gefrorenen Rücken. Die eingesunkenen Schulterblätter.

Er versucht in seinen Gedanken sichere Bahnen zu finden. Das Unredliche wegzuschieben. Versucht sich Kirsten vorzustellen, aber der Gedanke entgleitet ihm, ihr Bild verblasst. Das Licht verformt ihre Gestalt und streicht sie platt. Kirstens rundes Gesicht verliert an Kontur, wirkt ausgeblichen, wie zu lange im schweren Kessel der Wäscherin gekocht. Tyge öffnet die Augen und blickt über die Insel im Meer. Er sieht die stoppeligen Scheitel der Äcker auf der harten elfenbeinweißen Erde, verspürt den schwachen Schimmelgeruch der Feuchtigkeit. Samen, Schalen, Kerne. Doch seit Branting starb, ist alles aus dem Lot. Dürstet.

Er kommt auf die Beine und bleibt auf dem flachen Hügel stehen, dreht sich in alle Richtungen und lässt den Blick über das Land schweifen, dessen Herr er ist. Er sieht die dünnen Schichten der Zeit, die Jahreszeiten sind wie Trennblätter in den verschwindenden Jahren. Die Zeit geht einfach dahin, denkt er, umgibt uns mit glitzerndem Fließen, nimmt uns wahr und lässt unsere armen Körper Konturen annehmen, wie Kirstens dunkles Seidenkleid, das sie stets zum Kirchgang trägt, um ihre hohe Stellung zu demonstrieren.

Tyge streicht sich Grashalme und Lehm von den Beinen und geht nach Uranienburg zurück. Es ist noch immer sehr früh, denkt er. Heute könnte ich viel schaffen. Er sieht die steifen goldgepuderten Papierbögen vor sich, auf denen er seine Zeichnungen der Sternzacken und Spitzen sorgsam festhält. Gesehen und auserwählt von mir, denkt er. Gerettet aus dem Inhaltslosen. Mein scharfer Blick ist gleich zahllosen Hacken über den Acker gegangen, hat die Ernte eingebracht und die Scheuern gefüllt.

Im Jahr 1597

Januar

Ein königlicher Brief ist eingetroffen. Kirsten sitzt bleich und zusammengesunken auf dem Stuhl, während Tyge schweigend liest. Ab und an, wenn sie den Mut dazu aufbringt, schaut sie hastig zu ihm hinüber. Sein Gesicht und seine Stirn färben sich langsam immer röter, je mehr ihn die Nachricht erregt. Er sagt kein Wort. Als er am Ende angekommen ist, lässt er den Brief einfach zu Boden fallen. Kirsten hebt ihn auf und liest. Ihr gelbes Seidenkleid hat große dunkle Schweißflecken unter den Armen. Alle königlichen Vergünstigungen sind eingezogen. Peder Sörensen und Thoman Fincke sind nun neben dem König die mächtigsten Männer des Reiches. Thomas Fincke, der Brantings Platz an der Universität eingenommen und Tyge am Katheder »diesen ungeratenen Herrn« genannt hatte. Jetzt haben Fincke und Sörensen Tyges Verbindung mit Kirsten als Grund für die Einziehung der Privilegien angegeben. Denn schließlich ist es nach dem Gesetz verboten, ohne den Segen der Kirche wie Mann und Frau zusammenzuleben. Man hat den Pfarrer von Hven, Jens Jensen, dingfest gemacht, weil er es unterlassen hatte, den Junker Brahe ins Gebet zu nehmen. Drei jütländische Edelleute haben Hven bereits unter sich aufgeteilt.

*

Tyge ist in seine Kammer zurückgekehrt. Gekleidet in sein pelzverbrämtes Observationshabit steht er nur da und starrt seine schwarzgraue Reisekluft an, die auf dem Bett ausgebreitet liegt. Die er hätte tragen sollen, wenn er seinen Obliegenheiten nachgekommen wäre. Tyge erinnert sich, wie der junge Christian vor dem vergoldeten Messingglobus in der Bibliothek stehen geblieben war. Durch ein im Inneren angebrachtes Uhrwerk folgte der Globus der täglichen Bewegung des Himmelsgewölbes, während Sonne und Mond ihrem eigenen Lauf folgten. Die Sonne gab die Stunden des Tages an, der Mond zeigte seine verschiedenen Phasen. Und um all das herum drehte sich der Tierkreis.

Als Tyge den Globus vom Sockel gehoben und ihn dem Jungen in die Arme gelegt hatte, nahm dieser seine Halskette mit dem königlichen Porträt ab und streifte sie ihm über den Kopf.

Tyge fährt langsam mit dem Finger über die Reisekluft, streicht über den Samt, nimmt die Kleider auf und geht quer durch den Raum zum Kamin. Behutsam legt er sie auf die Flammen. Der dicke Stoff füllt den Raum sofort mit schwarzem beißendem Rauch. Der Dunst um die Erde wird stärker, denkt er. Und obgleich schon so viel Zeit vergangen ist, kommt ihm Branting in den Sinn. Niemand sieht mich, sagt er sich. Und denkt an die klaren braunen Augen des mächtigen Mannes unten im Hypokaustum vor dreizehn Jahren.

✳

Beobachtungen des heutigen Tages: »Ich ging die Wälle am Meer entlang und spürte, wie sich die Zeit verändert. Es war, als würde das Universum um mich erzittern und sich von nun an rascher drehen. Sind wir in eine neue Phase getreten, ohne dass ich es bemerkt habe? Es war, als würde alles dürsten.«

Es ist ganz früh am Morgen. Kirsten liegt in ihrem Bett. Tyge hat sich halb neben sie gelegt, still und vorsichtig. Er berührt sie sanft. Ihre Kopfhaut ist warm. Seidenweiches Haar bedeckt ihr Haupt in dichten Locken. Unter ihnen, gleich über dem Ohr, sitzt ein Muttermal. Es ist granatrot und perfekt geformt: ein kleiner, platter Blutstropfen. Irgendwo wird ein Fenster oder eine Tür geöffnet. Der Vorhang um das Bett bewegt sich leise im Windzug. Ich vermag noch immer nicht zu glauben, dass mir etwas genommen werden könnte, denkt er. Er streckt die Hand nach dem

Notizbuch aus, um den Gedanken festzuhalten, kommt jedoch davon ab. Er liest einige Zeilen früherer Aufzeichnungen:

»Die Sonne ist die Krone. Das ist offenbar. Doch von Bedeutung ist der Kopf, der die Krone trägt. Das ist die Erde. Der Mittelpunkt des Universums. Was ist der Himmel? Die Innenseite meines eigenen Schädels?«

Kirsten liegt mit geschlossenen Augen da, umhüllt von seinen Händen. Ihre Lider sind zart, zittern leicht. Ihr Gesicht, denkt Tyge, ist wie eine Versenkung. Eine weiche Grube, wohin die Zeit nicht dringt; sie ist um sie herum stehen geblieben. Er liest weiter:

»Es gibt einen Unterschied zwischen Luft, Äther und Dünsten. Diese sind je nach Beschaffenheit von verschiedener Dichte. Wo die Luft dünner wird (in der Nähe des Mondes) und vom Äther ersetzt wird, entsteht eine kaum spürbare Refraktion. Ich habe schon früher nachgewiesen, dass die Dünste in der Schicht, die uns nahe ist, die Luft verdichten und ein Ablenken der Sonnenstrahlen bewirken. Das führt bei der Beobachtung zur scheinbaren Verschiebung der Sonnenstellung am Himmel.«

Sie liegt still, unsere Erde, denkt er, wie eine Erbse oder ein Kürbis. Die Sonne umkreist sie wie ein goldenes Rad. Die anderen, die metallischen Himmelskörper, umkreisen die Sonne. All das weiß ich. Hier auf Hven habe ich es erkundet. Man kann mir Hven nicht wegnehmen. Das wusste Branting.

»Die Leute im Gemeinen glauben, dass die Durchmesser von Sonne und Mond gleich groß seien – ja, dass der des Mondes sogar ein wenig über dem der Sonne liegt. Ich aber bin der Ansicht, dass auch das nur dem Anschein nach so ist. Indem man das Sonnenlicht durch eine runde Öffnung rechtwinklig auf eine glatte Fläche fallen lässt, ist es möglich, diesen scheinbaren Sonnendiameter zu messen.«

Kirsten schläft geräuschlos, so wie fast immer, hält die Hände über der Brust gefaltet. Pfarrerstöchterchen, denkt Tyge zärtlich. Doch dann erinnert er sich plötzlich an das Kalb mit den zwei Köpfen, das vor ein paar Jahren im Frühjahr geboren wurde. An dessen weißen prallen Bauch. Und wieder überkommen ihn böse Ahnungen, nimmt die Angst zu, alles könnte nicht halten, die Schnüre könnten bersten, Disteln und Sonnenblumen (deren braune Köpfe hatten ihm schon immer Unbehagen eingeflößt) könnten sprießen und den Weizen ersticken.

Er zwingt seine Gedanken, zu den Notizen zurückzukehren. Schlägt aufs Geratewohl eine neue Seite auf:

»Kopf und Schwanz des Kometen sind von verschiedener Materie. Der Schwanz ist nicht Teil des Kometen, sondern ein Effekt des Lichtes: Sonnenstrahlen, die durch den Kopf des Kometen fallen.«

Ja, denkt er. Ich bin ausersehen. Ich habe immer gewusst, dass ich den rechten Sinn dafür besitze, dass ich verdienstvoll bin. Von Anfang an lag mir die Astronomie wohl in den Händen. Wie Kirstens Kopf mit dem dichten Haar. Tyge blickt auf die Notate hinunter und versucht, die harten, schnellen Schläge seines Herzens zu dämpfen:

»Man kann ohne weiteres sagen, dass der Himmel eine Art Uhrzeiger der Zeit ist. Ihn zu deuten ist eine ganz andere Sache. Unsere Zeit befindet sich zwischen einem Davor und einem Danach. Stehen wir nicht in Wahrheit mitten auf jenem Punkt, an dem der Bruch im Jetzt verläuft?«

Er denkt plötzlich an das Jüngste Gericht. Stellt sich vor, welches wohl, dort an dem großen Tisch des himmlischen Hofes, ihre Plätze sein werden. Ist all das bereits vorausbestimmt? Sind ihre Namen auf den Bechern eingraviert?

Kirsten liegt still da und schaut Tyge an. Er hat nicht bemerkt, dass sie aufgewacht ist. Sie hatte einen Traum, an den sie sich nicht erinnert, doch dieser Traum hat eine hauchdünne Sehnsucht hinterlassen, eine Bedrücktheit. Sie betrachtet Tyge und meint plötzlich, einen Windzug im Zimmer zu spüren, der sie beide auflöst. Sie sieht, wie sie aus sich herausgehoben, umhergeschleudert und vermengt werden, und sie fragt sich, ob es die Zeit ist, die sie da sieht, jene, die beide verändern, die sie dazu bringen wird, in verlogenen Formen zu erstarren.

Kurz bevor Tyge feststellt, dass Kirsten aufgewacht ist, kommt sein Bild vor ihren Augen zum Stehen. Etwas an ihm, denkt sie, ist bereits stilisiert, veraltet – an dem Mann, der gebeugt, mit einem träumerischen Ausdruck im Gesicht, an ihrem Bett sitzt.

Tyge schaut sie an, und sie verspürt eine solche Enttäuschung, dass sie Lust hat zu sagen, er sei ein Narr, ein Blinder, der sich an einer Ackerfurche entlangtastet, doch stattdessen verlässt sie das Bett und geht ans Fenster.

»Wir müssen wohl jetzt packen«, murmelt sie beherrscht.

Ihr Zorn nimmt zu, und sie kann nicht anders, als sich umzudrehen und bitter zu sagen: »Dafür, dass du deine ganze Zeit mit Beobachtungen verbracht hast, scheinst du nur sehr wenig gesehen zu haben.«

Sie weiß, sie müsste sich kontrollieren, es gehört sich nicht, so zu ihm zu sprechen, doch noch kann sie nicht schweigen: »Bedeutet das jetzt, dass ich zurückgehen soll? Wieder nach Lerberget ziehen?«

Kirsten blickt in seine hellen, ihr so vertrauten Augen. »Glaubst du, ich habe das hier gewählt? Als du gekommen bist, um mich zu holen, hatte ich denn da eine Wahl? Hätte ich vielleicht vor einem Brahe stehen und ablehnen sollen?«

Sie wendet sich ab und flüstert: »Und die Kinder sind gestorben, Tyge, sie sind gestorben, weil du dich nicht mit mir trauen ließest.«

Im selben Augenblick sieht sie die beiden im Dunkel ihres Körpers schweben und weiß, was die Kinder betrifft, so hat sie gelogen. Seit sie gestorben sind, hat sie sich von der Schuld freigelogen. Kirsten lässt sich auf den Boden sinken, und als sie ihr Gesicht wieder zu ihm dreht, versucht sie zu lächeln, damit ihn nicht die gleiche Angst packt wie sie. »Tyge, ich wollte dieses schöne, dieses vornehme Leben.«

Sie spricht tonlos, um das Gefühl von Ehrlichkeit nicht zu verlieren, das jetzt so notwendig erscheint: »Ich«, Kirstens Stimme wird schwach und Tränen rinnen ihr aus den Augen, »habe die Kinder getötet, als ich in deinen Wagen stieg.«

Sie wiederholt das, was ihr da eben in den Sinn gekommen ist, doch glaubt sie jetzt nicht mehr daran, dass es wahr sein könnte:

»Ich habe die Kinder getötet.«

Kirsten senkt den Blick auf ihren Leib, betrachtet den faltigen Bauch, die Brust, den Schoß und verzichtet darauf, noch mehr zu sagen. Sie hört seine langsamen Atemzüge, spürt seine große Betrübnis, und sie weiß, er will sie trösten, doch wagt er es nicht.

Februar

Er geht unten am Ostwall entlang, und ihm ist es endlich gelungen, Kirsten aus seinen Gedanken zu verbannen, die damit begonnen hat, Listen der gemeinsamen Habe aufzustellen, damit nichts verloren geht. Sieht man Uranienburg von diesem Punkt aus, scheint es einem Märchen entstiegen. Die Steine leuchten rot, um die Fensteröffnungen und auf den Zinnen liegt der Glanz des Kupfers. Auf dem Turm knattert die rotweiße Fahne, als wolle sie sich losreißen und in die Welt hinausfliegen. Der Garten umschließt das Schloss symmetrisch – ganz außen die Obstbäume und im Inneren der Kräutergarten. Weiter unten auf der Südseite liegen seine sechzig grünen Fischteiche, alle voller Fische. Erneut sagt er sich, es sei unmöglich, all das zu verlassen. Es ist doch das Seine. Er hat es erschaffen. So gut kennt er jeden Meter bis hinauf zum Sternenhimmel, dass man ihn unmöglich von hier vertreiben kann. Es ist doch das Seine.

*

Tyge steht in seiner Kammer und lehnt die Stirn ans Fenster. Das Metallstück an der Nase klickt bei jedem Atemzug gegen das Glas. Scharfer Wind dringt durch die dünnen Scheiben und er erschauert. Schneeflocken sinken auf die Steine des Schlosshofs. Plötzlich endet der Schneefall und die Sonne bricht hervor. Wie ein Feuer. Er versucht sich brennende Kälte vorzustellen oder heiße Kühle. Im Celesten, sagt er sich, sind die Verhältnisse völlig anders. Noch rein, unzerstört und ursprünglich.

Sie sagen, er müsse fortziehen. Er hat bereits mehrere Einladungen erhalten, unter anderem nach Prag, und er hat Rudolf II. geantwortet, doch ist er sich nicht sicher, dass er zugesagt hat.

Fortziehen, denkt er, wie sollte das gehen? Es ist unmöglich, diesen Platz hier zu verlassen. Was zurückbleibt, wenn alles andere fort ist, es ist verloren. Uranienburg, Sternenburg. Auf ein Papier gekritzelte Worte bestimmen so etwas nicht. Und dann die Kinder. Das Grab von Kirstine und Klaus hinter der Kirche, unter den Eichen, zum Meer hin – wie sollten er und Kirsten ihre Kinder verlassen können? Und der Katalog über die Sterne ist nicht fertig gestellt. Ein wenig noch, nur ein wenig. Er blickt auf seine Hände. Die Haut über den Adern und Knochen liegt in Falten. Wie, fragt sich Tyge, soll man altern? Ausdörren, morsch werden, schrumpfen. Nein, es ist unmöglich für ihn, vor der Welt zu altern. Eine Form für das Altern zu finden.

Er beschließt, das Haus zu verlassen und einen Spaziergang zu machen.

Der Wind hat jetzt zugenommen. Tyge geht landeinwärts, auf dem schmalen Weg zwischen den Feldern. Dünne Februarschatten gleiten unaufhörlich über die flachen Äcker, schleifen den Boden. Als sie auf seinen Kopf zu stürzen, bildet sich ein Fleck in den Farben; es ist, als würde man sie durch eine Schicht trüben Wassers sehen.

Ein paar Bauern kommen ihm auf dem schmalen Sandweg entgegen. In der starken Frühlingssonne erscheinen sie ihm plötzlich wie nackt. Das Licht hebt jede Linie ihres Körpers hervor. Statisches Leid wird sichtbar. Sie ähneln uralten Holzskulpturen, erinnern an Sklaven …

Bei dem seltsamen Anblick bleibt er stehen. Doch die Bauern schauen in eine andere Richtung und gehen rascher, befürchten wohl, er könne sie zu sich rufen. Sie verschwinden an der Wegbiegung. Als er kehrtmacht, um heimwärts zu gehen, ist die Sonne verschwunden. Er nimmt eine Abkürzung über ein Feld. In einer vereisten Furche entdeckt er eine trächtige Katze. Sie liegt auf der Seite und zuckt erfolglos mit dem Kopf.

Ihm sind Neuigkeiten aus Kopenhagen zu Ohren gekommen, die besagen, man hätte bei einem Gerichtsverfahren drei Apfelsinen als Zeugen berufen. Im vergangenen Monat stand ein Hund vor den Schranken. Die Zeit ist aus den Fugen, denkt er. Auch die eigenen Säfte sind ungut. Der Speichel ist dick. Und in der Lendengegend dieser ständige Schmerz. Ein Brennen. Und dieser Druck. Innen im Leib, auf der Blase: eine Kinderhand, die einen Ball hält. Voll mit fauligem Wasser.

März

Er sitzt auf dem Boden seiner Kammer. Wie ist er hierher gelangt? Fortziehen? Ja, fortziehen, sagen die Ratgeber. Kirsten geht mit blutleeren Lippen von Zimmer zu Zimmer und stellt ihre ewigen Listen auf. Er fühlt sich unerhört müde. Hatte an dem Sternkatalog geschrieben. Wollte die Feder aufheben, die unter den Tisch gerollt war. Nun vermag er nicht mehr aufzustehen. Die Tür wird geöffnet und Kirsten kommt herein. Als sie ihn auf dem Boden entdeckt, sagt sie kein Wort, hilft ihm nur hin zu seinem Bett. Sie drückt die Hand auf seine Beine, um zu kontrollieren, wie kalt er geworden ist, massiert ihm Waden und Schenkel. Tyge liegt schweigend da und schaut sie an. Ihre unruhige Stirn, die Falten um Mund und Augen. Er würde so gern die Arme nach ihr ausstrecken, dicht neben ihr liegen und ihre Verzeihung erlangen. Doch noch vermag er nicht zu sprechen. Sein Blick geht an ihr vorüber, gleitet aus dem Fenster in den weißen flachen Himmel hinauf.

*

Der Schmerz in der Lendengegend wird stärker. Das Kind, das den schweren Ball hält, ist ungeduldig. Kirsten sitzt an seinem Bett und badet Tyges Stirn. Er streichelt ihr starkes weißes Handgelenk, wo die Adern blau schimmern und die Haut so wunderbar weich ist. Als er den Kopf hebt, um zu trinken, holt das Fieber plötzlich das Bild des Vaters herbei. Das Symbol für den Vater: rote zornige Brauen auf weißer Stirn.

*

Der Schmerz ist fortgedrängt, weggespült. Kirsten schläft müde in seinem verschwitzten Bett. Tyge hat eine Woche lang krank gelegen. Jetzt ist er aufgestanden und hat sich Wein geholt. Er sitzt am Schreibtisch, den Sternkatalog vor sich. Die Arbeit ist fast beendet. Es werden tausend und etwa sechzig Sterne. Er wird eine größere Anzahl schaffen als Ptolemäus. In seinen Ohren rauscht es. Der Lichtkreis vibriert und stößt an die dichte Dunkelheit, die bereits an seinen Ellbogen beginnt. Er hört Kirstens schwere Atemzüge in seinem Rücken. Die Papierbögen liegen unter seinen Händen über die Tischfläche verteilt. Es sind die Unterlagen für den Katalog: Skizzen, Zahlenreihen, Merkhilfen, wichtige Beobachtungen, Aufzählungen, Versuche mathematischer Lösungen. Und bald ist die Arbeit beendet. Vor dem Fenster hängt wie immer die Laterne, doch jetzt ist sie nicht angezündet. Anders ist nicht mehr bei ihnen. Jeppe, der Zwerg, hat sie verlassen, um an einen jütländischen Hof zu gehen. Im Dunkelkeller sitzen keine Gefangenen mehr. Dem Jungen Nils, dessen Aufgabe es war, das Feuer zu bewachen, hat Tyge Geld gegeben und ihn heimgeschickt.

Jetzt schlug die Uhr. Ich sehne mich nach den Jahren, als ich Sternenburg baute, denkt Tyge. Da war noch Zeit für Fantasien, da besaß ich die Zukunft. Ich konnte zwischen Beginn und Fertigstellung des Observatoriums einhergehen. Konnte in den unterirdischen Räumen sitzen und die Bahnen errechnen. Ohne die Augen öffnen zu müssen, wusste ich damals, welches Wetter herrschte. Ich hörte sogleich, ob Pferde und Männer durch Schnee oder Regen zogen. Und wenn Kirsten die Lichter angezündet hatte, kamen die Kinder zu uns herein ... Die Zeit schrumpft in meiner Hand.

Tyge trinkt vom Wein und stellt den Becher nieder. Alles hier auf Hven, denkt er, ist dabei, mich zu verlassen. Ich stehe noch auf meiner Insel, aber sie, sie entfernt sich mit rasender Geschwindigkeit. Wird weggesogen, einfach fort. Ich werde doch wohl nicht sterben? Bin noch längst nicht fertig.

*

Es wird Tag. Das Feuer ist fast erloschen und feuchtkalte Dämmerung entsteigt dem Stein. Tyge wird wach, sein Kopf war auf den Tisch gesunken. Er hat den scharfen Geschmack von Rauch im Mund. Er seufzt und drückt den Rücken durch. Eine Schreibfeder liegt auf dem in rotes Leder gebundenen Buch. Staubpartikel tanzen langsam über dem Fensterbrett. Das ist schön, denkt er, und plötzlich wird er völlig ruhig.

Tausend und sechzig Sterne hat er schließlich katalogisiert. Ptolemäus waren nur tausendachtundzwanzig gelungen.

April

All ihr Gepäck steht bereit, und Truhen und Koffer werden auf das Schiff verladen. Es ist eisig kalt. In der Ferne brüllt das Vieh in den Ställen. Ich werde bald wieder hier sein, denkt Tyge. Jetzt kommt Kirsten herunter. Ihr Blick ist stumpf und schwer. Sie hält Elisabeth so fest bei der Hand, dass das Mädchen weint. Die meisten anderen sitzen bereits auf dem Schiff. Sie sind so groß geworden, denkt er. Klein Tyge, gewöhnlich so korrekt und steif, hat das Gesicht in die Hände gelegt und schluchzt. Die stets so lebhafte Sidsel sagt kein Wort, starrt nur mit leerem Blick auf die Wellen. Allein Sophie wirkt ruhig. Sie sitzt mit halb geschlossenen Augen auf der Bank. Wer kann wissen, fragt sich Tyge, was die Kinder denken?

Magdalena steht noch mit dem Rücken zur Mutter an Land. Sie ist jetzt eine junge Frau. Als Kirsten etwas zu ihr sagt, gibt sie keine Antwort. Greift nur nach ihrer Tasche und geht verdrossen an der Mutter vorbei über den Landungssteg.

Die Hunde auf dem Schlosshof bellen. Ihre Ketten rasseln. Tyge schaut blinzelnd über den Sund. Zwei Hasen sitzen reglos auf dem Eis. Sie blicken hinüber nach Hälsingborg. Ihre wachsamen Leiber, ihr Winterpelz, dieses pochende, brennende Warten auf irgendetwas. Direkt über ihnen dreht sich der Tierkreis langsam in der Tiefe des Himmels, in dessen Dunkelheit.

✳

Kirsten schaut zu Magdalena hinüber. Die Tochter erwidert ihren Blick nicht. Es gibt keine Ordnung, denkt Kirsten.

Kurz bevor sie an Bord des Schiffes steigt, das sie nach Kopenhagen bringen soll, dreht sie sich um, will Uranienburg noch ein letztes Mal sehen. Zwei Bauern stehen vor dem Eingang zum Schlosshof und betrachten ihn. Einer von ihnen untersucht, ob das Eisentor geschlossen ist. Und Kirsten begreift, wie die Ordnung tatsächlich aussieht. Die Bauern, denkt sie, sind das Beständige. Nicht die Wissenschaft, nicht Tyge, nicht Sternenburg. Die Bauern werden immer hier sein. Sie haben uns nie gehasst, sie haben nur gewusst, dass Hven uns nie gehört hat. Und sie sieht vor sich, wie die Steine des zerstörten Uranienburg die Krypten von Sternenburg ausfüllen; wie alles eingeebnet wird und jemand dort mit seinem Pflug entlanggeht, wenn der Boden wieder zu Acker geworden ist.

So wie ich Brantings Tod und das Ende auf Hven vorausgeahnt habe, denkt sie, weiß ich bereits jetzt, was geschehen wird. Sie blickt auf den vom Wasser dunklen Kiel, und als sie in das schwankende Schiff hinuntergeht, ist es, als würde sie in den Sarg steigen, in dem sie bald nach ihrer Ankunft in Prag beide liegen werden. Sie sieht eine Schüssel Erbsen vor sich, die auf einen Steinfußboden hinunterfällt: Ihre Kinder, zerstreut in alle Winde Europas, sie rollen davon, und Staub wird sie bedecken.

Der Tod, denkt sie, wird sich über uns legen und das gewaltige Schweigen, das wie Schnee auf die Wellen fällt, wird unsere Namen begraben. Sie betrachtet die niedergeschlagenen, rot gefrorenen Gesichter ihrer Töchter an der Reling. Kirsten, denkt sie, ich war Kirsten. Ihr Blick gleitet hinüber zu Tyge, der mit geradem Rücken südwärts gen Kopenhagen blickt. Im Glauben, dass er bald nach Hven zurückkehren wird, unterlässt er es, sich umzudrehen, um einen letzten Schimmer von den Zinnen Uranienburgs zu erfassen.

Sie denkt, dass die Geschichte, gleich erschreckten Hunden, an Tyge vorüberjagen wird, schon in dem Augenblick, wo man ihn mit Wappen und Schild in den Bleisarg legt. Dass seine Wissenschaft nur als Schatten zurückbleibt, etwas, an dem man vorbeisieht, um die wirklichen Entdeckungen ins Auge zu fassen. Kirsten schaut auf ihre gefalteten Hände hinunter. Er wird, denkt sie, dort in Prag mit Wappen und Schild in einem Bleisarg liegen. Und der Name Brahe wird nie mit der Wissenschaft verknüpft werden.

Sie schließt die Augen und spürt Trauer aufsteigen beim Gedanken an seinen Zustand; sie weiß, dass er sehr krank ist und sich in Behandlung begeben müsste. Doch davon will er nichts wissen.

Tyge sitzt auf dem Schiff neben ihr, tief in Gedanken versunken. Sie legt ihm die Hand auf den Arm: »War die Sache es wert, dass du Sternenburg verlierst?«

Er schaut sie an: »Sternenburg verlieren?«

Zwischen den modrigen Höckern des Strandgrases blitzen weiße Reflexe des bleichen Himmels auf. Ich, denkt Tyge, brauche doch nur den Blick auf besondere Weise einzustellen. Sachte legt er die Hände vors Gesicht. Dann sehe ich meine unterirdische Burg. Er schließt die Augen hinter den Händen, steht jetzt im Vestibül und steigt die Treppe hinab. Tyge hört die Federn der Jungen über das Papier kratzen, als er das Hypokaustum betritt. Dort hängen die drei Uhren, jene, die Stunden, Minuten und Sekunden messen. Die Klappen werden aufgeschoben und jenseits der ungebrochenen Stille erscheinen die Sterne. Roter Stern, weißer Stern und blauer. Zacken und Spitzen: Kirstine und Klaus, zitternde Haufen von Sternsamen warten hinter den Wolkenfetzen, hinter den Dünsten. *Schwesterchen groß und Brüderchen klein.*

Er lässt den Blick über den Sund streifen, zur Nordseite hinüber, wo das Eis noch immer geschlossen liegt.

Ein paar Männer haben Löcher aufgehackt. Sie scheinen Fische gefangen zu haben, dunkle Schatten umgeben ihre Füße auf der schneebedeckten Fläche. Vom Meer steigt taufeuchter Nebel auf. Als atme es, schutzlos. Tyge blickt Kirsten an. Sie sitzt zusammengesunken neben ihm im Heck. Es ist nicht schlimm, Kirsten. Nichts von all dem hier ist wichtig. Ich habe doch Sternenburg, denkt er und schaut zu der kahlen Steilküste hinüber.

Tycho Brahe verstarb vier Jahre später in Prag. Er hat Sternenburg nie wiedergesehen. Sieben Jahre nach seinem Tod wurde das erste Fernrohr erfunden, und sein Weltsystem, alle seine Instrumente und Beobachtungen waren nun auf ewig veraltet.